GALAXY'S EDGE

银河边缘

GALAXY'S EDGE

CLOUD SEEDING RITUAL

银河边缘 GALAXY'S EDGE

023

播云祭礼

主编 —— 杨枫

新星出版社　NEW STAR PRESS

银河边缘
- 023 -
播云祭礼

主　　编：杨　枫
总 策 划：半　夏
执行主编：戴浩然
版权经理：姚　雪
文学编辑：侯雯雯
　余曦赟　李晨旭
　田兴海　康丽津
　果露怡
项目统筹：谢子初
责任编辑：吴燕慧
监　　制：黄　艳
美术设计：冷暖儿
　张广学

Contents

CLOUD SEEDING RITUAL

/ by Chen Qiufan 1

THE BOOK OF FACES

/ by Kay Kenyon 29

THE HIGHER, THE FEWER

/ by Alvaro Zinos-Amaro 47

LOONG KING FROM THE WEST

/ by Sun Saibo 65

RED LETTER DAY

/ by Kristine Kathryn Rusch 105

LUCK OF THE CHIEFTAINS ARROW

/ by C. Stuart Hardwick 135

THE LOST DAUGHTER

/ by Liang Liang 167

悪霊は何キログラムか?

/ by Hayane Neya 181

HOLMES AI-TYPEWRITE

/ by Zhang Xiaojie 201

目 录

播云祭礼 / 陈楸帆 1

整容书 29
[美] 凯·肯杨 著　冯南希 译

通往金字塔尖 47
[西] 阿尔瓦罗·齐诺斯-阿马罗 著　陈岑岑 译

洋龙王 / 孙赛波 65

红信日 105
[美] 克莉丝汀·凯瑟琳·露什 著　于百九 译

酋长之箭，幸运无比 135
[美] C.斯图尔特·哈德威克 著　毛沫 译

遗失的女儿 / 梁良 167

恶灵重几何？ 181
[日] 根谷羽矢音 著　木海 译

福尔摩斯打字机 / 张晓杰 201

CLOUD SEEDING RITUAL
by
Chen Qiufan

▽

播云祭礼

陈楸帆

陈楸帆，科幻作家、编剧、翻译及未来学家，中国作家协会科幻文学委员会副主任，中国科普作协副理事长，耶鲁大学访问学者，博古睿学者。著有《荒潮》《AI未来进行式》(与李开复博士合著)、《人生算法》《零碳中国》《山歌海谣》等多部作品，并被翻译为英语、法语、德语、俄语、西班牙语等二十多种语言在海外出版，获得茅盾文学新人奖、华语科幻星云奖、中国科幻银河奖、《亚洲周刊》年度十佳小说、德国年度商业图书等国内外诸多奖项。他的作品主题广泛，涵盖人工智能与科技伦理、气候变化与环境保护、行星文明与心灵哲学等。

本文为《银河边缘》中文版专发篇目。

离开阿布扎比两个多小时后,一座被棕榈树环抱的精致城堡如海市蜃楼般从火焰色的壮美沙丘中拔地而起,映入我的眼帘。越野车队从阿拉伯风格的大门进入超级奢华的沙漠度假酒店Anantara Qasr Al Sarab,笑容可掬的服务员列队欢迎我们的抵达。

这场景就像是国王的人马进入《一千零一夜》的神话。

我很清楚BITRON[1]花大价钱招待我们来这里,绝对不是为了让我们骑骆驼穿越鲁卜哈利沙漠、享受土耳其浴室和沙漠玫瑰仪式,或者在没有光污染的干燥星空下逗弄猎鹰与萨路基猎犬。一顿贝都因[2]融合风格的露天大餐后,我们坐在Majlis风格[3]的靠垫和地毯上,抽着水烟。卡侬琴[4]轻声吟唱,远处沙丘曲线玲珑,闪烁银色微光,与星空遥相呼应,美得恍若仙境。

---

1. BITRON工业集团成立于1955年,总部位于意大利,是一家以生产汽车及家用电器零部件为主的集团公司。
2. "贝都因"为阿拉伯语译音,指代以氏族部落为基本单位在沙漠旷野过游牧生活的阿拉伯人。
3. Majlis风格,是一种融合了传统阿拉伯元素和现代设计的室内装饰风格。这种风格起源于阿拉伯语中的"Majlis",意为私人休息室,通常指的是一个沿墙壁排列的地板垫子,用于招待客人。
4. 卡侬琴是阿拉伯极为古老的乐器之一,起源于古埃及,其名字来自阿拉伯语单词"qanun"。

我在心中默默计算着这一切的价格，东道主Kim正在和另外一些客人用我无法理解的语言断断续续讨论：

"……网格加密……LWE问题……Fiat-Shamir转换……"

我感到一阵烦躁，离开去寻找洗手间，在抽象的性别标志前犹豫了许久，那两个围着头巾的卡通剪影在我眼中并无差别。

"左边那个。"Kim的声音在我背后响起："父权社会，选左边总是没错的。"

我们同时爆发带着醉意的大笑。

解手之后，Kim并没有马上回到餐桌的意思，而是和我在星空下攀谈起来。

"给我个理由，我为什么要加入你们？"我知道他的用意，于是单刀直入。

"这是一种基于清洁能源的加密货币系统，能够用智能矿机实现电能与价值的动态转换，以另一种方式实现太阳能或风电去中心化的柔性存储，还能激励更多人参与能源转型的游戏。想想这生意有多大？"

"听起来有点过于美好了。我需要更有说服力的财务模型和预测。"我努力分辨他的笑容里有几分真诚，几分虚伪。币圈男孩——他们总是这样。

"说实话，这些都是小菜一碟，你以为我雇那么多常青藤名校数学博士是干什么的？关键不在模型，在这里。"Kim用没有点燃的雪茄戳了戳我的心脏,"想想我们的地球母亲。"

"我不懂你们圈子里说的那些黑话,什么'信仰''共识''扭曲现实'。我需要说服我的金主,他们可都不是素食主义者,他们才不关心什么地球母亲。"

"他们应该关心,你们应该关心。"

"你懂的,吃惯了肉,喝惯了血,口味很难一下子变得清淡。"

"当然……为了表示诚意,我们也为你准备了一份礼物。"

"噢,少来,Kim!你知道我不吃这一套的。"

"我们从部落里请到了一位萨满,或者说,灵媒,或者你想叫她别的什么也可以。"

"又是什么新的币圈时尚吧。"我试图掩饰自己的好奇。

"CSR。"

"企业社会责任?"

"Cloud Seeding Ritual,播云祭礼。"

"那是什么鬼东西?"

"你知道人工降雨吧,用飞机向云层里播撒盐或者碘化银什么的,增加降水概率?"

"大概吧,继续。"

"阿联酋平均每年的降雨量为140毫米至200毫米,所以他们经常用这招,不一定都管用,不过,你也知道,总比什么都不干强。"Kim点起雪茄,狠狠吸了一大口,吐出白雾。

"我还是没搞明白。"

"沙漠原住民们认为,那些撒在天空里的化学颗粒,像是无数分布式的晶体,能够汇聚起离散的宇宙意识能量,形成一个新的信息界面,一个传送门。"

"这完全是鬼扯……阿联酋一年得播个——我不知道——一百次?"

"去年,二百三十五次。不过,不是每次都能聚起能量,这事儿只有本地萨满说了算。我们为你准备了一个,就在私密的祈祷室里。去不去你说了算。"

我紧盯着 Kim 的表情,觉得他不像是在开玩笑。看来 BITRON 确实很想要争取我的入伙,毕竟在这颗星球上,很少有人可以在能源衍生品定价与交易经验上击败我,何况还有背后的石油财阀作为基金支持。

我参加过这世界上的许多仪式,秘鲁的死藤水、泰国的招魂术、巴厘岛的舞蹈降神、西藏的火供……但没有一个能够解决我的问题——

我想和母亲说话。她已经陷入昏迷状态七年了。

"不用客气。" Kim 说。尽管我并没有道谢。

突然,他的脸亮了起来,又红又绿,那是沙漠里升起的烟花。

你究竟有多了解自己的母亲?这也许是很多人都会回避的

一个问题。

在我的印象中,母亲的形象早已凝固在了某一个时刻,也许就是接到父亲死讯的那个下午,之后,她便迅速地被某种东西从内里抽干吸尽了生命力,变得干瘪、枯涩、面目模糊……直到陷入永恒的睡眠。我猜这是某种自我保护的机制,好像不这样欺骗自己,我的大脑就会无法识别她作为母亲的身份,从而不再履行赡养她的义务。

即便如此,在漫长的成长过程中,我和母亲的互动也似乎被封印在了某种结界中,肤浅、表面、永远在问题的核心之外打转,无法深入沟通,产生真正的联结。大部分时间里,她似乎只关注我作为一个生物体在这世上如何存活下去的问题——吃不吃得饱,穿不穿得暖,有没有钱花——而毫不在意这血肉躯壳底下,并非唯物主义所能解释的那一部分变化。

我一直以为那是语言的问题。

我所知道的母亲的历史,部分来自父母交谈中的只言片语,更多地来自家中遗留的残旧报道,它们是从各种杂志报纸上裁剪下来的小小方块,如同一片片泛黄发脆的枯叶,被夹在父亲的各种技术类书籍中,也许是为了充当书签,也许是为了不被发现。父亲为母亲留下的这些分布式加密账本,全都被我找了出来,按日期编号,拍照备份。

母亲是苗人,出生于二十世纪七十年代初的老挝新圹省,她的父亲,也就是我外公,曾帮助过越战中受美国中央情报局暗中资助的寮国苗族游击队。1975年，老挝秘密战争失败后，为躲避敌人杀戮，外公全家被安排作为战争难民迁入美国加州的弗雷斯诺，就此定居下来，以务农杂工为生。

弗雷斯诺位于圣华金谷的中心，曾经只是荒漠中的一方小镇，如今到处是美丽的葡萄园农贸市场、鲜花长廊、水果大道，以及种植着棉花、玉米等农作物的大片良田，是美国重要的农产品加工和食品生产地之一——这其中也有苗人的一份辛勤功劳。后来，弗雷斯诺就成为美国苗人的西岸聚集区。

据说当年参与秘密战争的老挝苗人都下场凄凉，一万五千多名士兵血洒疆场，未能逃离的牵连亲属及村寨族人惨遭各种迫害，大部分死于桑怒的改造营。三分之一人口成为难民，流离失所，背井离乡，散落在世界各地。其中，许多人死于饥饿和疾病，或者在逃命的路途之中死于追杀与伏击，或者干脆淹死于湄公河中，葬身鱼腹。另外还有一万多人至今躲藏在越南、老挝边界的深山老林里，过着类原始部族的逃亡生活。

我曾经天真地以为，母亲幸运地逃离了族人坎坷的命途，但事情并非我想象得那么简单。

那位叫Sabiha的老妇人，脸藏在黑纱与金子打造的面具背后，只露出一对苍老的眼睛，戴满银器与珠串的瘦削手腕上爬满星星、月亮与植物卷须的刺青。她嘴里念念有词，忙碌地摆弄着碗罐里不知名的彩色粉末，神态让我想起实验室里的父亲，他总是变戏法般将各种液体混合在一起，炸出粉红色的泡沫或者弄出刺鼻的臭鸡蛋味儿。

翻译是一名本地的女大学生，她努力向我解释各种粉末的构成。我只大概弄懂了哪些是植物，哪些是矿物，也许还有一些来自动物与人体组织？我的胃部感到一阵不适。

我问Sabiha，她如何判断哪一次播云适合施行仪式，毕竟这事情在这片土地上发生得如此频繁。她点点自己的鼻子，摸摸头顶，又抚摸自己的双臂，说了些什么。

"她说，她能闻出风暴的味道，头皮会发麻，双臂特定部位的皮肤会发酸，那是因为，天空中微小的……'镜子'？……似乎是这么说的，饱和到一定程度，就会慢慢融化到一起，成为一片……'虚无之海'，就像冰化成水。"翻译露出抱歉的笑容，她尽力了。

我点点头。临界状态。

Sabiha吟唱起古老而难明的歌谣，不知为何让我想起童年时母亲的摇篮曲。她朝我喷出一口紫色的烟雾，烟雾刺激鼻孔，带着辛辣的肉豆蔻、茴香、藏红花的味道，还有一种浓郁的奶香。她敲打手鼓，摇晃贝壳做成的铃铛串，发出海浪的声音。她摇晃头颅，带动身体，像在旋涡中旋转的浮标，让我跟着她的节奏大口呼吸。我渐渐感到眩晕，像有一股力量把意识吸起，抽离这具躯体。

"我们正在努力定位你母亲的位置。"恍惚中，我听到

Sabiha说着英语,那一定是幻觉。

位置?什么位置?她在加州圣迭戈的一家高端疗养院里,对此我十分确定,每月账单都是我付的。

"我们谈论的并非物理时空中的位置。"

这次我听清了,Sabiha的声音直接在我脑中响起,与我对话,以我能理解的语言,说着我无法理解的含义。而我甚至没有张口。

"我想,我们找到了……情况看起来不太妙。"

一声惊雷在四月的鲁卜哈利沙漠上空炸响。

在我的印象中,父母仅有的几次吵架,都和神秘到访的亲戚有关。

那是一些脖子和手腕上戴着银质饰物的男人,有的脸上还文有奇怪的青色图样。他们会带来各种奇怪的礼物,包括关在笼子里的活鸡、一捆树枝、银色鼻烟壶以及品种不明的植物种子。如果父亲在,会直接把他们赶走。如果父亲不在,母亲就会请他们进书房,关起门来说话——其实大可不必这么谨慎,因为他们说的话我压根就听不懂。当介绍到我的时候,那些亲戚总会用奇怪的眼神盯着我,看得我浑身起鸡皮疙瘩。

我总结过规律,每次亲戚上门之后不久,我们一定会搬家,而搬家前,父母间一定会先爆发一场激烈的争吵。当然,说是争吵,大部分时间都是父亲在发脾气,母亲只能结结巴巴地应对。结局也是惊人的相似：父亲在母亲的说服下重新恢复平静，做出再一次搬家的决定。

印象中这种事情发生了三四次，一直到我上寄宿学校。也许那些神秘的亲戚后来依然能找上门来，只不过他们已经见不到我，也见不到我父亲。我也并不以为遗憾。

之后，母亲接到了改变整个家庭命运的那通电话——"我们在学校的地下实验室发现了您的丈夫……很遗憾，发现时，教授已经没有任何生命迹象。"

再之后，母亲的精神状态一落千丈，甚至还不时出现幻觉、谵妄、间歇性失忆等症状。医生说，这是某种神经退行性疾病的先兆，再发展下去很可能变成阿尔茨海默病。幸好有社区神甫帮忙，雇用了护工来照顾她。那时候我才获悉母亲的病史，然后便卷入了万劫不复的债务深渊。

我猜那也成为我日后拼命赚钱的原始动力。幸运的是，我掌握了原油期货涨跌的秘密。

Sabiha的仪式让我进入了一个幻境，幻境中又嵌套着另一场仪式。

我像是一个飘浮在空中的幽灵，跟随一队村民爬山。他们牵着黑色的水牛、白色的羊和家禽，喝着酒，唱着歌，敲锣打鼓地爬山。爬到山顶停下来，在地面插上一根用白纸条做成的旗帜，吹起竹子做成的乐器。我看到远处其他山顶上也晃动着银色的头饰，升起了同样的白旗，回荡着同样高亢的旋律，就像是在彼此传递某种信号。

我突然觉察到，这些人的穿戴打扮，都和记忆中母亲那些神秘的亲戚相仿，也许，里面藏着我未曾相认的舅舅或姨妈。Sabiha是货真价实的灵媒，不是骗子。

我试图寻找母亲的身影，可是没有找到。

幻境里的祭师把酒、糯米饭、粑粑、白公鸡放在地上，然后焚香化纸，身型巨大的黑水牛身披绫罗绸缎，背上插着六面彩旗，腰上系着六只铜铃，牛头朝向东方。祭师口中念着我听不懂的咒语，不时用右手抓起一把米朝东方撒去，接着又抓一把，分别朝南、西、北方向撒去。此时，芦笙、锣鼓、鞭炮一起响起，像是奏响了战场的集结号。其他山峰上的人听见，立即用羊、鹅举行类似的祭祀。祭师又敲了三下锣鼓，牵着牛，撒着米，念着咒语下山。其他山上的人也就都跟着下山了。

回程的路漫长得可怕，我想求助Sabiha，却不知道该如何发声。锣鼓鞭炮声围绕着我，越来越响，在耳边炸成一团，让我心烦意乱，几乎要失去知觉。直到看到Kim的胖脸，我才意识到，那些声响来自真实的窗外，一片死亡般恐怖的紫红色天空。

"我们必须离开这里！"

"什么？"

"阿联酋国家气象中心发出警报，一场1949年以来最极端的暴风雨正在袭击这个国家，迪拜和阿曼已经沦陷，很快就轮到阿布扎比了。"

"可……这才四月啊。"我努力理解他话里的真实含义，通常阿布扎比年均降雨量不到100毫米，而四月份的降水概率接近0。

"别问我，这是黑天鹅、灰犀牛或者随便你想用什么愚蠢动物作隐喻的极小概率事件。我只知道，如果我们不赶紧撤离，也许……我们会成为第一批淹死在沙漠里的人！"

"可仪式怎么办？我才刚刚下山！"

"忘记什么仪式吧，那是个蠢爆了的主意！你现在需要做的是回房间收拾行李，车队一小时后准时出发。"离开房间前，Kim最后看了我一眼，"Chen，你是个聪明人，我喜欢你，即便合作不成功，我也不希望多一个死去的敌人。"

我转向Sabiha和翻译，她们看起来同样迷惘。

"如果你们要离开，我不会怪你们。我只有一个问题，我看到了很高的相关性，却没有看到我母亲。"

"用你的心去看，而不是眼睛。"Sabiha捏了捏翻译的手，"她走，我留下。"

我深吸了一口气，没有什么语言能表达我的复杂心情。

"谢谢。现在，带我回去吧。"

父亲曾说，他与母亲的第一次相遇是在1976年的太平镇上，那年他六岁。

这座小镇与中国人渊源悠久。1915年10月，一场大火摧毁了加利福尼亚州三角洲河岸的唐人街，流离失所的中国人从一位名叫乔治·洛克的地主手中获得了一份土地租约，建造起一个属于他们自己的地方——洛克镇。这些人大多是从十九世纪六十年代流入三角洲地区的中国劳工，长期从事拓荒开地的艰苦劳作，擅长把废土变为可以种植庄稼的良田。

1973年，尼克松访华破冰之旅的第二年，一个中国代表团秘密来到美国，由旧金山国际机场入境，经历三个小时、一百六十公里的大巴路程，在加州毗邻萨克拉门托-圣华金三角洲的洛克镇落下脚，本以为只是一次短暂的外事访问，没想到却成了没有限期的漫长旅程。随团的有从全国天南海北各条战线调派的学者、知青、工程师、文艺工作者……共计三百七十二人，他们中的绝大多数对于自己即将面对的未来一无所知。父亲的父亲，我的爷爷，便是其中一员。

现在去试图弄清尼克松把这群中国人安置在洛克镇的最初用意已是不可能，或许是出于对文化适应性的过渡考虑，又或许有更为深远的战略企图。无论如何，这群来自远方的客人很快融入了这个蛮荒小镇，开始动手自力更生。他们开荒拓土，种植庄稼，疏浚河道，修缮小镇上年久失修的建筑，与剩余下来的老弱病残相安无事。

洛克镇之后被更名为太平镇，象征在隔洋相望的两个巨大文明之间建立起沟通的桥梁，互通有无，永保太平。为了与原有的华工后裔区分开，他们被称为"Chinixonian"——一个难以翻译出神韵的称谓，大部分人叫他们"Middle people（太平人）"。

对于父亲来说，太平镇存在的最大意义，莫过于让他在镇中心的明星剧院前遇到了改变他一生的人。

那个人，就是我的母亲。

而从弗雷斯诺到太平镇，就算现在走加州99号公路和5号洲际公路，不堵车也需要两个半小时。我很难理解，当时初到异国他乡的母亲，一个五六岁的女孩，是因为何种缘由才会出现在二百六十千米以外一个中国人聚居的蛮荒小镇上。

这几乎变成了一个家族之谜。

每次问起母亲，她总是笑笑，用缘分之类的鬼话打发我。

更深一层的问题其实是，为什么她后来会和父亲在一起。在我看来，母亲几乎就是父亲在这个世界上的反面。

父亲严肃、冷漠、不善言辞，他就像个过分拘泥于蓝图的建筑师，只不过他操控的不是砖瓦，而是羟基或者碳链之类的分子结构。他生前最后一项未完成的发明，本应代替在南极上空造成巨大臭氧破洞的氯氟烃，进入千家万户的空调和冰箱，以及整个地球大气，成为另一种高效制冷的温室气体——很难说是一件好事。所幸，这样的恶业最后落到了另一个成功者头上。

母亲的情绪敏感外露，如热带的山雨般变化多端。她只上过初中，不懂科学，不讲逻辑，认为万物有灵——哪怕是木制家具。她在做一切选择之前都习惯于求助神灵。她会说三种语言，准确地说，是没人听得懂的苗语、不太灵光的中文，以及每次只能蹦一个单词的英文。这也许减少了许多家庭纠纷，因为很多时候，我和父亲都必须猜测母亲想表达的意思是什么，幸好，我们都习惯了往好的方向猜。

请别误会，这并不代表我认为在这段婚姻中母亲是弱势方，或者说高攀的一方。恰恰相反，能娶到母亲这样的女人，绝对是我父亲一生中最幸运的事。她有一种特殊的能力，可以让父亲在极度焦虑烦躁的状态中迅速平静下来，哪怕什么多的动作都不做，只是拍拍身边空着的沙发，就能让父亲如同中了巫术一般乖乖坐下。

我猜这是父亲可以一个礼拜只回一次家、对我这个儿子不管不顾，却依然愿意维系这段婚姻的原因。母亲身上的某种东西让他上瘾。那算是爱的一种同分异构体吗？我说不清楚。

他们杀死了那头牛。

他们唱着歌，跳着舞，喝着盛在牛角里的酒。在鞭炮和芦笙声中，一名全身黑衣的男子手执大刀，含上一口酒，突然向牛眼一喷，同时迅速操刀朝牛颈砍去。转瞬间，牛血如喷泉般涌出，洒向四周，而那名操刀人则迅速爬上了竹梯，为了不让牛看见自己。牛庞大的身躯轰然倒地，祭师将准备好的黄色纸张蘸上牛血，又把整头牛剁碎煮熟，分给现场的所有村民，大家都兴高采烈地跑回家中，口中反复呼喊着同一句话。我只辨认出其中的一个音节。

"他们是在说'loong'吗？I mean dragon（我的意思是龙）。"我问Sabiha。在幻境中，我不需要翻译的帮助也能理解Sabiha的话，这是一种跨语言的神经映射机制吗？我对此一无所知。

"你终于发现了，在远古的喜马拉雅地区，这个词源自雷电与冰雹，在中南半岛的许多语言里，越南语、高棉语、泰语、老挝语……它都有着类似的发音，我猜在你的母语里也是一样。"

"可我早已被切断了与母语的联系。"我摇摇头，又想起了母亲。

"你只是不愿意看到而已。还记得吗？要用心去看。"

"我不明白这一切的意义在哪里，我想要和我的母亲对话，她已经在病床上躺了七年，而我却困在这即将被风暴袭击的沙漠城堡里，妄想通过一场仪式来跟她说话！我一定是疯了……"我开始无法自控地大笑起来，笑出了眼泪。

Sabiha的双手在空中画出奇怪的轨迹，像是绘制一幅无法被看到的地图。"你要知道，所有的仪式都是一种沟通，每一件物品、每一个行为都代表着某种更深层的含义，你要透过所有这些表面的东西,看清真相。"

我深吸了一口气,试图理解她所要表达的意思。

"所以……这是一场召唤龙的仪式,那些牛羊家禽都是献祭给龙的贡品,以换取龙的庇佑?我好像听母亲提起过,在她的族群里,龙代表兴风降雨的神灵,能够带来好运、丰收和财富,山顶代表着更接近龙所在维度的神圣空间,而所有那些咒语、音乐、歌唱、舞蹈,都是与龙的沟通?可为什么他们要杀死那头牛,又把牛血分给所有人呢?"

"也许那不是一头牛。"

"可那明明就是……我明白你的意思了,让我想想,所以通过仪式,把龙从天上引下来,进入牛的身体,成为牛的形态,然后他们杀了牛,分了牛血,吃了牛肉,也就是说……他们希望以这种神话结构主义的方式困住龙,把龙的神秘力量长久地留在村庄里,留在人间?"

尽管我看不到Sabiha的整张脸,可眼睛如新月般弯曲的轮廓说明,她在笑。

"那么,对应到你的问题,这里面,龙代表谁?牛又代表谁?"

突然间,一股巨大的恐惧占据了我的意识,让我头皮发麻,喉咙干涩,心跳加速。仿佛前面有一口深井,诱惑着我靠近它,探头去看里面究竟有什么。可我的潜意识又在阻止我前进,它知道,好奇害死猫,井底的东西也许会让我彻底精神崩溃。

我竟然是从护工口中，才得知原来母亲早在童年便有过不寻常的精神失调症状。

想象一下在五十年前，一群苗人背井离乡，失去故土，来到美利坚。这片极端陌生的土地对于他们来说并不意味着天堂，而是与苗族所习惯的热带高山丛林完全迥异的现代世界。那种异质文化的冲击，语言沟通的困难，同其他族群的相处与融合，都是对个体及社群心理的极大挑战，更不用说把自己的身体与性命托付给如同天外飞仙般的专业医疗机构。他们只能靠家族里世代传承的苗医来诊断并医治病症，那是与现代医学平行的另一套系统。

护工告诉我，当母亲开始陷入一种意识混沌的状态时，便会开始用流利的英文讲述自己的童年往事，仿佛一台沉睡已久的录音机被按下播放键，但卡带从何而来，没有人能够解释。我嘱咐护工录下来给我听。

护工确实没有撒谎。母亲的声音配合着加州腔的流利英文，显得格外怪异而不和谐，似乎连性格都有了变化。难道这么多年来，她一直是故意瞒着我和父亲？可这又是为了什么呢？

母亲讲述她从记事开始便有间断性的头疼、恶心、失忆、幻听等症状，在苗人的传统看来，这些并非病症，而是某种特殊身份的象征，她用了一个我完全陌生的苗语词汇。她说，"苗人把像我们这样的人叫作'Tus Txiv Neeb'，意思是，穿梭于不同世界之间的人。"而她的父亲，我的外公，正是这一身份在族群里得到官方认定的代表。而出于某种原因，我的外婆并不希望母亲继承这一身份，或许跟性别有关，他们通过某种草药及仪式，暂时地"封存"了我母亲的症状，直到1986年。

1986年发生了几件重要的事情，其中之一是母亲在旧金山遭遇了某桩意外，致使被"封存"的精神失调症状再次出现。第二件事是她与父亲重逢，当时父亲提前被加州大学伯克利分校化学系录取，正在报到途中，莫名其妙地在一家名叫"福记"的中餐馆门口再次碰见我母亲。

居然还能在十年之后相认，实在是不可思议。两人吃了一顿经济实惠的中式午餐。父亲担忧母亲的精神状况，又了解到她身份特殊，无法从合法途径开到处方药，于是自告奋勇充当她的私人药剂师。想起来，这也是非常典型的父亲式的浪漫表达吧。

在药物的帮助下，母亲又度过了几年平静的日子，她修完了社区中学课程，在苗人开的中餐馆里找到一份收银员的工作，算是稳定下来，时不时地，周末会坐车去找我父亲。我无法想象两个无法交流的人有着怎样的约会场景，莫非是用手语？但我突然意识到，或许语言能力的丧失也是母亲大脑缓慢退行的症状之一。

平稳期一直持续到1991年。那年年底，母亲突然陷入昏迷，伴随着心动过缓、瞳孔扩散、出现不明淤血等危险症状，父亲意欲把她送入急诊室，却遭到外公及其一众族人的阻拦，差点酿成警方介入的刑事案件。两天之后，母亲终于苏醒，人格上有了微妙的变化，竟然关注起电视上苏联国旗的降下和科威特油田燃起的地狱之火。父亲似乎意识到如果不采取行动使母亲从家庭中独立出来，他有可能永远失去这个女人，于是当天求婚并获得成功。

他们在第二年春天举行了婚礼，在没有女方家长参与的情况下。当时，父亲还在继续攻读博士学位，于是他们搬到了伯克利。再后来，就有了我。

我看见了一条龙，却不是我所熟悉的任何龙的形象。

不是奇幻史诗电影里扇动肉翅、喷吐火焰的西方龙，也不是中餐馆里经常能看到的介乎蛇与鳄鱼之间的中国龙。

这条龙游走在靛蓝色的布料上，在我突然闪回的记忆中，那布料是母亲珍藏在柜底的苗绣，来自她家族的馈赠。

这是一条苗龙。

这一刻，许多难以用言语描述的复杂情感涌上心头，熟悉、亲切、敬畏、期待。尽管在人生当中我从来没有过一个身为苗人的身份标签，社保卡、学校、银行、医院……从来没有ABH——"美生苗裔"这一项选择，我们和韩国人、越南人、泰国人、印度人、马来西亚人一样，都被轻率地扫入"亚裔"

的大筐里，仿佛这样就可以把我们之间存在的所有差异一笔勾销。但当看到这条龙的瞬间，我懂得了，那些细小微妙的文化基因，就存在于我的血脉中，存在于我看待世界、感受美与崇高的目光中。

我真心希望自己知道那个属于苗龙的单词。

这条龙一直在变化着形态。它的鳞甲与尖角似乎能够与不同的动植物融合，于是，我看到了水牛龙、鱼龙、猫龙、蜈蚣龙、鸟龙、树龙、花龙、蘑菇龙……我试图用自己的科学头脑去理解这一切。似乎在苗族人看来，龙不是某种具体而特定的物种，而是一种共生的状态。它包罗万物，是对最大、最高贵、最有本领、最神圣者的尊称。

我看到那条龙身上长出了一个男人，龙也因此变得温柔而舒展，游走于天地之间。然后，在龙的头上，两角之间，发芽般冒出了一个小小的人形。

看到那个人形时，我的泪水难以遏制地涌出，那正是童年时的我，那也是停留在母亲记忆中的我。她还记得我的样子！我的呼吸变得急促起来。

在母亲陷入昏迷前的那几年，我甚至产生了一种错觉，我的原油期货事业越成功，赚的钱越多，她的病情就越重，越不认识我。

那个小人开始长大，向四面八方放射出黑色的丝线，贪婪地吸取着黑色的团状物。那些黑色团状物不断进入他的身体，让他变得臃肿膨胀，龙头渐渐不堪重负，缓缓低下，不再像以前那样肆意飞翔，只能在地面匍匐，直至寸步难行，蜷缩成蛹的形状。那个穿梭于世界之间的生灵陷入了长眠。

是我害了她吗？我简直不敢相信自己看到的一切。可是……母亲的症状早在我出生之前就已经有了啊。

"记得，用你的心，穿透表象，去寻找真相。"虚空中传来的是Sabiha不真实的声音。

我再次呼吸，闭上幻境中睁开的双眼，试图让那些被屏蔽的、被遗忘的、被压抑的信息从潜意识的深海中浮出水面。

父亲的分布式加密账本。那些看似与母亲毫无联系的新闻剪报，此时变得如此刺眼——

1986年4月26日，切尔诺贝利核电站爆炸，约六十万人暴露在高度辐射下，放射性尘埃污染了半个欧洲。

1986年，母亲与父亲重逢，被"封印"的精神失调症状再次出现。

1991年11月6日，科威特七百多口油井在燃烧了八个月后终于被扑灭，波斯湾上空飘荡着毒云和黑雨。

1991年底，母亲陷入深度昏迷又苏醒。

难道这些事件之间存在着隐秘的联系吗？人类对生态环境造成破坏，而母亲却承受了附带伤害，是因为她特殊的体质吗？那种被家族封印的穿梭于不同世界的能力？

我向来对所谓的气候抑郁症心存讥讽，认为那些人只是在为自己失败的人生寻找借口——一个无法被解决且难以追究具体责任人的借口——于是，所有的低落、沮丧、无意义感与自我怀疑便具有了正当性。

可发生在母亲身上的一切，正在挑战我的世界观。

一切都变得合理了。我的生意和她的病情。地球母亲和我的母亲。一阵剧烈的心痛击中我，或许还有悔恨和内疚。

"你看到了，"Sabiha的声音适时响起，"你不是想和她说话吗？现在就是时候。"

幻境被一声惊雷打破，窗外如同末世般大雨倾盆，像要用尽全力把这片沙漠变成沼泽。我猜那是龙的语言。

我不顾本地习俗，拉起老妇人的手，夺门而出。

"播云不能凭空造云。它只能促使空气中已有的水加速凝结，并降落在某处。因此，首先得有水分。没有水，就不会有云……"

电台里传来阿联酋国家气象中心科学家的声明，否认风暴期间进行过播云作业，进而驳斥了公众对播云可能在这场极端降雨中发挥作用的猜测。而实际上，在几天前，他刚刚向媒体透露了完全相反的信息——

"这次极端降水是由一个被称为中尺度对流系统的大风暴驱动的，这种情况发生在许多单独的雷暴合并形成一个单一、巨大的高层云团的时候，既提高了潜在的蒸发率，也增强了大气层容纳水分的能力，从而导致更大的降雨量，就像我们刚刚在迪拜看到的那样。由于人工手段对气候的干预，许多地方的情况可能会变得更糟……"

创纪录的降雨袭击了阿拉伯半岛，导致迪拜、阿布扎比以及阿拉伯联合酋长国其他沿海城市发生洪水，多个地区二十四小时内的降雨量超过了全年正常降雨量。病毒式传播的视频上，十二车道的迪拜Sheikh Zayed高速公路被洪水淹没，车子像舢板一样漂浮着，只有这个时候，阿斯顿马丁和特斯拉才是平等的。迪拜国际机场里，飞机在一片积水中滑行，掀起巨大的浪花。航班取消、延误，衣着光鲜的头等舱乘客们如同难民般围堵在柜台，而更多的人占据了座椅和所有的公共空间，有些已经在地板上铺好睡袋，准备开始一场漫长的等待。

Kim关掉电台，不置可否地笑了笑。前车窗一片模糊，仿佛正在驶过高压水枪轮番攻击的洗车店。

"是什么改变了你的主意？"他问我。

我猜自己的表情显得有些不自然，望向窗外，尽管什么也看不见。"我猜，也许是我的良心发现了……"

Kim大声笑起来，敲打着副驾驶座的真皮面板，像是配合某种滑稽的表演。"看，我说什么来着，肉食者也有良心，就是埋得比较深。"

"我一直在用自以为正确的方式跟这个世界对话……"我开始喃喃自语，"直到她再也不回答我，我才发现，自己错得有多离谱。"

"我们都是，兄弟。男孩要长大成人，需要犯很多的错。"

"停车！"我的眼角扫过窗外一抹怪异的亮蓝。

Kim跟在我身后跟跟跄跄地跑进雨里，脚下还滑了两跤。眼前出现的奇观让我们屏住了呼吸。世界上最大的沙漠中出现了一片蒂芙尼蓝的海洋，静静地躺卧在黄的沙和灰的天之间，接受着风暴的洗礼。

"你见过这样的事情吗？"Kim目瞪口呆地问道。

"也许在《圣经》里有过，但我这辈子没见过。"我默默地站着，赞叹着这一幕奇迹，心中同时涌现两种极端的情感——对美的敬畏和对极端天气的恐惧，也许它们只是一枚硬币的两面。

妈妈，我知道是你。我双手合十，向这片沙漠之海送出我的祈祷与忏悔。

"这是什么仪式？"Kim好奇地问，"我还以为你是无神论者。"

"在我们的文化里，传说每当有极端的天气出现，那就是龙在天上显灵，雷电、暴雨、冰雹，都是它向人类传递信息的方式。"我不想告诉他实情，但也不想撒谎，"所以我们需要回答它，告诉它，我们收到了，会按照它的指示去行事。"

"非常有智慧。在你们的语言里，怎么说'龙'？"

"loong。"

"没错,这才是我们真正应该做多的资产,我是说……"Kim 脸上突然露出孩童般惊讶的表情,抬头望向天空,"嘿,我猜它听到了你的回答。"

暴雨突然放晴,乌云散去,露出一角蓝天,金色阳光照在粉蓝水面上,一切都如此宁静、温暖、柔和,如同回到母亲的怀抱。

THE BOOK OF FACES
by
Kay Kenyon

▽

整容书

[美]凯·肯杨 著 / 冯南希 译

凯·肯杨，美国幻想和科幻小说作家，她最为人所知的作品是《魅族和玫瑰》四部曲，她的短篇小说也出现在多本杂志、选集和最佳作品集之中。肯杨的作品曾入围菲利普·K. 迪克奖、约翰·W. 坎贝尔纪念奖以及美国图书馆协会阅读书目奖。

Copyright © 2003 by Kay Kenyon

作为一个十五岁大的没有脸的孩子,我觉得自己相当幸运。在慈悲普济诊所,他们会帮我修复我的脸,而且不会向我收取任何费用。诊所里所有病人的手术费用都由祖国支付,因为我们暂时没那么多资金。好吧,其实是因为穷。

比如那个在大厅里引起阵阵骚动的拾荒老太太。她也很穷,但她的脸也将得到修复。即便声音是从入院处那边传来的,我也能清楚地听到她在抱怨:"慈悲从不普济。它得是特别的,不然能干什么好事?"

然后,护士洛维特拖着这位看上去就像长了腿的土豆的新病人,从芹菜绿的大厅里走了过来。这位病人因为诊所员工拿走了她的购物袋而狂叫不止。难道她不知道,在慈悲普济诊所,他们会给你发放全新的生活用品吗?

"我只想要我自己的东西!"老太太咆哮起来。

护士洛维特翻了个白眼,同时撇了撇嘴,皱了皱鼻子。真是个有意思的把戏,但我尝试过好多次都无法用我的脸做出来。

无论如何,护士洛维特说了,亚尕——那是老太太的名字——所拥有的全部物品不过是些难闻的旧衣服、一个旋转打蛋器和一只海绵都跑出来了的泰迪熊。护士把亚尕往大厅里赶,然后拍了拍她的手臂,告诉她很快就会好起来的。

"我好得很。"亚尕不满地嘟囔道。

但当她步履蹒跚地走过来时,我就没那么肯定了。她的后脑勺绾着一个摇摇欲坠的发髻,灰白色的头发从上面散开。她有一个大屁股,正好与身体正面下垂及腰的一对乳房达成平衡。她脸上的皱纹从高耸的鼻梁向脸颊两边延伸,就像哺育山脉的河床一般。如果哈勒医生看到亚尕,会说她有明显的外侧眉下垂、鼻唇沟以及颈阔肌松垂(火鸡脖)。

我喜欢她,因为她和我一样丑陋。

当然,如今这个时代已然不能为丑陋或是精神错乱找任何借口了。精神理疗诊所会从你的基因组下手,为你量身定制药物或实施个性化手术。很快,你就会变成更好的自己。就连那些因人而异进行攻击的病毒,不管是流感还是埃博拉,精神理疗诊所也一样有专门设计的药物,而不是现成的药物!我们早已远超过去那种医疗状态了。祖国——好吧,就是美利坚合众国,但我们应该叫它祖国——现在面临的问题是,我们陷入了一种生活方式的战争之中。我们无法把遇到的全部敌人都炸掉,因为他们的数量实在太多了,而且躲藏在世界各地并受"恐怖分子"的控制。所以,我们得让他们看到祖国的生活方式比他们的强得多。我们的生活快乐、繁荣,我们看上去很好。我们拥有科学和财富,而这就是为什么你不能拿着购物袋四处流浪。

对此，亚尕仍需要学着去理解。

我说我也丑陋是什么意思？我的脸上曾发生过很糟糕的事情，我的五官也因此错位，也就是哈勒医生所说的后天畸形。毕竟，这样的畸形并非与生俱来的。

每个人都想知道我的脸到底发生了什么，可我却不知道，这让人们很苦恼。他们认为我不说话就是在隐瞒什么，但我真的不记得了。为什么我不能说话？我也不知道。

哈勒医生是我的主治大夫。他有着长长的白色鬓角，双眉和眉间区域组成一个T形——意思是他的眉毛又粗又直，如果你不明白的话。同样的，他的眼轮匝肌附近长着鱼尾纹。我真希望自己也有眼轮匝肌。他正在翻看《整容书》。书封上实际写的是"基础面容类型和上颌面效果"，但我把它叫作《整容书》。

他知道我不会说话，但希望我能指向某一页。

你能在书里找到几乎所有标准的面容类型：完美比例的经典鹅蛋脸搭配高额头；国字脸，看上去是最适合童花头的；瓜子脸；更有甚者，若你喜欢异域风情，还有梨形脸可选；书里还有基本的心形脸，甚至搭配了心形的嘴唇。鼻子类型则有鹰钩鼻、朝天鼻和罗马鼻。另外，书里还有高颧骨、厚嘴唇和美人痣。最近的潮流是圆脸加嘟嘟唇。我其实有点喜欢，但那不是我的五官。

"咱们从头开始吧。"哈勒医生说,"从某个方面来说,你是幸运的,你能选择书里的任何一种脸型。"他凝视着我,试图推断我对即将到来的手术怀有多高的热情。又或者,他可能是在疤痕组织的脊状纹路中努力寻找着我的眼睛(小贴士:在颧弓和皱眉肌之间的某个地方)。然而,我永远都不会知道人们看到我时,心里在想什么。我尽量让自己不作猜测。

今天,哈勒医生带来了一个生面孔。他的名字叫波迪。

波迪医生很年轻,方脸,只在一边耳朵上戴了钻石耳环。他的鼻子有点透光,可能做过鼻整形手术(隆鼻)。我在寻找手术的切口。

他声称我需要对自己的态度负责,应该带着一切向前看的积极心态,尽快推进手术进程。对他而言,我的沉默是一种反抗,是对自己人生缺乏控制的一种补偿。同样,我之所以害怕面部重塑,也是因为手术需要先取下前侧的颅骨,再利用固体硅胶和自体移植物来重塑。

事实上,令我最焦虑的是,我本以为手术会由哈勒医生操刀,而非波迪医生。我的老医生轻轻地拍了拍我的手。他能看出我很失望。不知怎的,他学会了如何读出我的表情。感谢上帝,我还有些表情。

《整容书》的书页不断地翻动着,年轻的女人们从书里向外注视着我,她们都拥有引人注目、令人满意的面部特征——她们是生活在乌托邦里的宁静居民,那个地方没有声音存在,没人能听到骨头在单薄肌肤下被敲碎的声音。

我也不认为在那个世界里会存在流离失所的拾荒女人。

亚孞在自动饮水器旁边为人算命。只要给她二十五美分，压下出水杆，待水喷涌而出，她就能解读水中的故事。

虽然我没有二十五美分，但可以去听听伯吉斯先生的故事。伯吉斯先生是一位在中风后失去记忆的病人。他是慈悲普济诊所里住院时间最长的病人，现在的他在任何日子里都能得到一套专门定制的药物。现在，他想要听一个故事。

他往那只伸出的手掌里丢了枚硬币。"好了，亚孞，水中的命运如何？"

亚孞生气地看着他："我不是算命，而是解读故事。"

他点了点头。"嗯，随你怎么说，收下这枚二十五美分硬币吧。"

她发出啧啧声，然后把硬币朝着自己的圆领病服里丢去。硬币刚好落到了它该待的地方。伯吉斯先生打开饮水器，哗哗的水流打湿了水盆。亚孞凝视着水幕中的影像。

"噢，是的。"她说，"水四处流淌。流到这儿，流到那儿，四处捡拾着故事。它来到了亚马孙，又变成了积雪，清洁着北极熊的牙齿。它出现在小便和舒芙蕾蛋糕里。是的，它流淌到了世界各地。"

这就是她讲故事的特别之处。她说世上所有元素都在不

35

断循环，就好像没有新的事物产生一样。它们的本质都是古老的，都在循环往复。而且，它们拥有记忆。（"好吧，星星会制造新的元素。"亚尕说，"但我们距离星星太远啦。"）

伯吉斯先生听到北极熊和小便的时候，点了点头。人们都喜欢她构建故事的方式。

亚尕说："水来到了乔治·华盛顿和孔夫子这里。但故事并不是关于总统之流的，而是关于雷蒙和他的妻子。"

她冷冷地斜睨着我，想知道我是否也在侧耳聆听。或许她并不喜欢我这样，因为我没有交二十五美分。

"雷蒙和他的妻子克拉拉同他们的小猪生活在一起，他们是那么的贫穷。尽管小猪是克拉拉的最爱，但他们的境况并不太好，因为她不得不跟小猪共享住处。"

护士洛维特从我们的身边走过，给了我们一个恶臭的眼神（严格来讲，这不算一个正常的语法搭配，却抓住了那个眼神的精髓）。伯吉斯先生没去参与他的会诊。他说，亚尕的故事可比周而复始的一剂唠叨好得多。

亚尕继续讲道："克拉拉说：'雷蒙，我们住的地方只有巴掌大，像个笼子一样，而且污秽不堪。给我建一座房子吧。''噢，你说得对，女人。'他总会这样说。但每天从咖啡豆田里回到家之后，他都那么疲倦，径直就倒在了床上。

"克拉拉说：'雷蒙，我们都养了十头猪了，但还住在这个猪圈里。'

"雷蒙说：'我会为你建造一座宫殿的，女人。'

"但克拉拉说：'我给自己养了一头猪和一个懒汉，两者简直一模一样。'

"突然有一天，克拉拉发现自己不再年轻。刚结婚那会儿，她丰满、漂亮，而现在的她却变得干瘪僵硬，乳房也下垂了。

"半夜时分，雷蒙唤醒了她——他最近总是工作到很晚才回家——尽管她对此有所抱怨，但他还是把她带到了湖畔。是的，他在那里建造了一座新房子，一座比他们现在住的巴掌大的笼子大上三倍的新房子。雷蒙每天摘完咖啡豆后都会来到这里，为了克拉拉辛勤地修建房子。

"然后克拉拉说：'噢，雷蒙，我真是个泼妇。真抱歉。'

"他说：'不，你确实是个强势的女人，但这些年来是你督促着我进步的，是你给了我想要拥有的东西。而且，我也害怕变得像头猪一样。'"

亚尕点了点头。"这就是与雷蒙和他妻子生活在一起的水讲述的故事。"

伯吉斯先生咧开嘴笑了起来。"是的，就是那样，都那样。女人总会一直唠叨你，直到你把事儿都做好。"

他乐陶陶地、一步三摇地走开了，留我一个人在这儿与亚尕大眼瞪小眼。我第一次注意到，她下巴上的痣里长了一根毛发，乌黑油亮，质地粗硬。

"你在书里找到你的脸了吗？"亚尕问。

我摇了摇头。虽然我不记得自己是谁,但希望能看见一张像我的脸来帮助撬动我的记忆。

亚尕朝自动饮水器里吐了口痰(这是违反规定的)。"你终于有二十五美分了吗?"

不,我没有。我不需要故事,我需要一张脸。

好吧,新规定:不准喝饮水器里的水;不准算命,尤其别在浴缸里算命;不准逃避会诊;不准随地吐痰。

亚尕根本不会在乎这些针对她的规定,她径直走向右前方的抽水马桶,开始寻找故事。但大多数时候,她只是在大厅里晃来晃去,寻找着她的购物袋。

"等你出院的时候,"伯吉斯先生说,他希望自己的话能让亚尕感觉好受些,"我们会给你找些新购物袋的。"

亚尕对此嗤之以鼻。

哈勒医生和波迪医生站在我的病房门口。波迪医生走上前来,哈勒医生则躲在他的身后,看上去有点愧疚。

波迪医生敲了敲《整容书》,说:"是时候做出决定了。"

我的目光直愣愣地盯向哈勒医生,但他转开了视线。我现在是波迪医生的病人了。我感觉有些惊慌失措,啪啪地翻开了书页。第八十一页,真不错,看上去有点像金·菲兹,那个流媒体网红。但是不行,下巴不太对。我感受着我的下巴应该是什么样的。只要下巴没有美人沟就好,我暗自决定。第一百二十页,杏仁眼,丰唇,完美的颏成形术。不,还是不对。第一百六十三页……

然后,我发现哈勒医生正站在我的身旁。他用一只手压在我的手上,阻止我继续翻页。"不急于这一时。多考虑几天吧。"

他们离开时,波迪医生说:"那就两天后。我给你安排个时间吧,星期二早上十点十五分。要么你自己选一个,要么我来帮你选。"

我目送着他们离开。我的心理治疗师说,我在做选择的时候就像老鼠被困在迷宫里一样,因为拥有太多的选择,所以到最后反而一个也选不出来。

但并不是那样。其实我只有一个选择。只是它不在《整容书》里。

那天晚上,我蹑手蹑脚地钻进了亚尕的病房,希望她可以告诉我,我过去长什么样。那么她就可以看着《整容书》挑选一张与我长相相似的脸了。

我知道亚尕并不能预知未来,但就像她总说的那样,她能讲述过去的故事。世间万物循环往复,如果你看得足够真切,就能看到万物都带着它们曾经的故事不断前行。亚尕说,元素拥有很久远的记忆（那是元素，不是大象[1]），这意味着，我曾经的一切都还在某个地方存在着，而亚尕也许可以找到它。

我给她带去了一杯水，然后关上了灯，这样护士洛维特就没法儿来偷窥了。在月光下，亚尕凝视着纸杯，然后喝掉了水。

"有些故事，"她说，"不会跟随着纸杯而来。"她握住了我的手。我试图挣脱，因为我不喜欢被别人碰。

她的大手就像熊掌一般紧紧地握住了我的手。"告诉亚尕，发生了什么？"

我张开嘴巴，想看看亚尕是否有魔力从我的喉咙里召唤出只言片语。但是并没有。她没那么厉害。

"告诉我吧。"她又说道，她的面部非常放松，皱纹也变得越发深了，还在她的脸上形成了新的沟壑。她盯着我看了很长时间。这是我印象中第一次被人看这么长时间，而没有感到紧张。

我的目光循着她脸上的纹路游走，从这一条到下一条，生命的纹路刻画成来自艰难生活的图案，不计其数。我迷失在那山峦沟壑之间，迷失在那艰难困苦的人生之中。然而，亚尕仍然耐心地等待着。偶尔在晚上的时候，我的眼睛会发热，曾经长睫毛的地方会有水聚集起来（那应该是泪腺在活动，这对润

---

1. 元素的英文 elements 和大象的英文 elephants 相似。

滑眼睛至关重要）。

当眼泪从我脸上滑落时，亚尕点了点头。"这就是我们在找的水。"她说。

然后，故事倾泻而出，关于年轻女孩和她身上发生的一切：那一夜，他们是如何来到了她的家里，当她的父亲不肯告知他们想要知道的事情时，他们又是如何殴打她的，而且只打脸。然后，她的父亲开始说话，但不是他们想要听的那些话，于是，他们变本加厉地对她的脸一阵乱抽。他们每扇一下她的脸，她的后脑勺都会狠狠地撞向地板。他们拿了一个书立砸向她的额头、她的下巴和她的颧骨，砸向眼眶的下缘以及眼周其他的部位。那个时候，她已经什么都看不到了，但听得到她父亲的抽噎声。然后，她听见了一些别的声音。她的父亲不知怎的从那些人手里抢过了一把枪，拿枪口对准了他自己，随后，只听到一声枪响传来。终于，他们停止了对她的殴打。如果她能记得这一切，就会记起父亲是为了不让他们再殴打她才自杀的。而如果她能记得任何事，就会记起若不是为了她，她的父亲可能还活在人世。

亚尕擦干了我的眼泪。"你的爸爸已经走了。但你的妈妈，她在到处找你，每一天都在找你。"

我把自己的脸埋进她的胸口，鼻子紧挨着那些二十五美分硬币，我不停地哭啊哭。

"是的，"亚尕轻声吟唱起来，"亲眼见证双亲之死，痛苦至极。"过了一会儿,她又继续唱道,"只有一事比此更甚,那便是目睹子女之死。"

我是带着《整容书》来的。我把她的手放在书页上,催促她赶紧翻看。

她甚至连看都没看一眼那本书。"它不在《整容书》中,"她说,"它在这里。"她把手放在我的脸上,"它一直都在这里。"

我把我的手叠放在她的手上,于是我的脸上就覆盖了两只手,它们仿佛是脸上曾有过的真皮和表皮。但亚尕说了,我的脸就在这里。一切都还保留在这里。或者至少,元素都还记得过去的一切。我笑了,这是自我来到诊所以来第一次笑。

至少我认为这是一个笑容。

我合上了《整容书》。当我转身离开时,注意到亚尕的床下有一只购物袋。我正好看见一只海绵都从背后跑出来的泰迪熊的棕色脑袋。

看来,她找到了。亚尕很擅长找东西。

每个人都在尖叫。为什么人们在面对危机时总会尖叫?女人们惊声尖叫,男人们呼天喊地。这只是充斥在我脑子里的无数个问题之一。

他们因为什么尖叫呢?因为水。

总水管肯定是在昨晚的某个时候爆掉的,因为现在诊所门口的草坪全都被水淹没了,水流还冲进了大楼的地下。伯吉斯先生大喊着,说水已经把楼梯淹了大半。如此看来,水位能够升高得如此迅速,只会是因为有人不小心打开了浴缸的水龙头。所有浴缸的水龙头。

我想,亚尕一定在这些浴缸满溢之前得到了许多很棒的故事。

护士洛维特一路飞奔到大厅,身上还穿着睡衣,因为现在才早晨六点钟。她得努力疏散人群,而且消防警报也鸣锣般地响了起来。是的,警报响起来了。洒水装置全部被触发,水像雨点般洒落下来,笼罩在匆匆逃往大厅的病人们身上,给他们做了一次清晨淋浴。消防部门很快就会到来,所以我得赶紧把我的任务完成。

我来到被亚尕重新接上水管的饮水器旁边,从病服里拿出一卷牛皮胶带,把它缠到出水杆上,这样水就会一直不停地往外喷。

这不过是一点反叛的小手段罢了。我们已经制造出足够大的混乱,不需要更多的水了。但当他们发现牛皮胶带时,就会知道是我们干的。若把光明藏进黑暗的木桶中,我们的行为将毫无意义,亚尕昨晚如是说。

我对她说(是的,不知道为什么我可以开口说话了):"但这样做是不是有点儿像恐怖分子的行径呀?我的意思是,我很爱国,就算那些毁掉我的脸的人并不这么认为。我是绝不会屈服于恐怖主义的。"

亚尕说:"别大惊小怪的……你真该看看我去年在中央诊所搞的那波混乱。"

"但是,"我继续说道,"我不想让我们变得像敌人一样。"

亚尕从上往下地打量了我一番。"这比真的'成为'敌人好得多。那个想要在你脸上动刀的医生就是在练手,你知道吗?这里的病人都很穷,无法负担高额的药费和全套定制手术的费用。我们不过是他们练手的对象。那个医生,他过去连一张脸都没整过。"

她是怎么知道这些的?

亚尕说自己在网络上搜索过他,他的从业经验少得可怜。

所以,这就是我们的祖国,这就是所谓的全世界最棒的地方?我依旧相信它是。只是,我们不需要像这样来证明它。世界上大部分地区的人都渴望活得像我们一样,但若这一切都以某种方式修饰过,这样的渴望就不会长久。世上有很多人,他们并不在乎外表的光鲜,他们只想拥有真实。

亚尕与我在后门会合。她拿上了自己的全部家当,而且还带了样别的东西:一条几乎能把我的脸和头全部盖住的围巾。这让我看上去特别显眼。

"我这样不会太显眼吗?"我问。

"并不会。"她拿着一截金属丝钻动着门上的锁眼,如同外科医生用探针探查伤口一般,"搞定。"锁咔嗒一声打开了,我们走了出去。距离树林的边缘还有好长一段路要走,途中会经过一片郁郁葱葱的草坪，草坪的面积足有足球场那般大。我竖着耳朵仔细听着敌方队伍——拥有苍白有力的双手的波迪医生，和长着富有男子气概的眉毛的哈勒医生——前来追捕我们的声响。然而，并没有人追来。

我们徒步穿越精心修剪过的草坪。远方传来一阵阵呼啸而过的汽笛声。往诊所那边望去，我能看见护士洛维特像赶牲口似的把她的病人赶进停车场。

"他们不会来抓我们吗，亚尕？这一看就是我们干的。"

作为一名大块头妇女，亚尕步伐轻盈松快。她确实在喘气，但走得很快。然后，她跑了起来，说道："你以为世上没有阴暗面吗？每个地方都有一个小小的藏身之所，那里聚集着各种无法融入主流社会的人。那就是我们要去的地方。"

我根本不在乎那个地方在哪儿，只要我能开始寻找我的母亲。亚尕说我们能线上线下并行寻找，直到找到我的母亲。她仍保存着我的照片，总是看着照片泪流满面，而且在我的卧室里设了一个小小的神龛，房里摆满了我的东西，这能帮助她记住我的一切。

好吧。神龛这部分是我编造的。但这是个不错的故事，它能促使我坚持下去。

终于，我们气喘吁吁地走到了树林里。亚尕放下购物袋，喘息着吐了一口痰。我主动提出帮她拎一只袋子。她瞟了我一眼，撇了撇下唇，把痣上的那根毛向前捋了一下。最后，她把装着泰迪熊的袋子递给了我,然后大步向前为我开路。另外那只购物袋在她一路小跑的时候,咚咚咚地撞着她的腿。

帮忙拎这只泰迪熊是一种荣耀。它属于亚尕的孩子,她曾亲眼看见他的死亡。我想有一天,我会听到关于这一切的故事,因为一切都还留在那里——就算一切都已结束,就算一切都已消失。

我们溯溪而上,开启了旅程。亚尕总是朝那波光粼粼的溪流看去。真希望她能明白,我们已经没有时间停下来寻找故事了。

我得去寻找我的脸。

THE HIGHER, THE FEWER
by
Alvaro Zinos-Amaro

▽

通往金字塔尖

[西] 阿尔瓦罗·齐诺斯-阿马罗 著 / 陈岑岑 译

阿尔瓦罗·齐诺斯-阿马罗,西班牙编辑、作家,与美国科幻作家罗伯特·西尔弗伯格合著有科幻小说集《蓝移到来时》。

Copyright © 2016 by Alvaro Zinos-Amaro

"总算有人接电话了！"帕特里克·希达尔戈喊道，"你们的自动语音应答系统让我选这又选那，还让我干等了十五分钟才有人接听。你刚说，你叫什么名字来着？"

"我叫尼拉特。"对方答道，"很抱歉给您造成困扰，我会尽量让您对'埃克萨创'的产品体验变得更愉快些。希达尔戈先生，我能帮您解决什么问题呢？"

"在我开始说之前，我得先问问，这电话是不是打对地方了？你要是又把我转到哪儿去，我可能真的要疯了。"

"当然不会。"尼拉特回答，"您现在正与埃克萨创的夜间技术支持部门通话。请放心，我不会再把您转接到其他地方。"

帕特里克长舒了一口气。"嗯，那就好。"他慢条斯理地说，"尼拉特，我家的3D打印机不知为什么关不了机了。我刚准备上床睡觉，它就自己启动，还开始打印上了。我完全不知道它在打印什么，但老实说我也并不在意，只希望它能停下来。我拔了插头，但它好像还有内置的备用电源，这招根本不管用。"

"我能想象这得多让人头疼，"尼拉特的声音平静中带着同情，让人安心，"根据我这边的信息，您用的是OrganoGen

3D五轴多叶片伽马打印机，对吧？"

"没错。"帕特里克回答，"我现在怎么才能让它停下来？"

"我想您已经尝试过横向主面板上的电源关机按钮了。"

"当然尝试过了，没有任何反应。"

"那么，我给您一个紧急关机的序列，能让设备完全重启。"尼拉特迅速念出一串需要在十秒内完成的五个指令，"您需要我重复一遍吗？"

"我知道那个序列。"希达尔戈说，"等待转接的时候，我上网查过，也已经试过了，没什么效果。"

"您不妨再试一次？有时候这种事情需要多来几次才能解决。"

"真的吗？好吧。等我一下，打印机在我的卧室里，但声音太大了，我实在受不了，就跑到了客厅。我想它不应该这么吵的。"他轻手轻脚地回到卧室，门一开就传来一阵刺耳的嘎吱声，夹杂着断断续续的爆裂声，听起来就像是一把超速运转的钉枪。

"您说得对，它不该发出这种声音。"尼拉特的音量提高了，"现在我明白您为什么要跑到客厅去了。"

"好了，开始吧。"帕特里克咕哝着，大概是正蹲下身子去接触打印机的后面板，然后他咒骂起来，"什么用都没有。"犹如弹丸发射般的声音变得更猛烈了，"它好像在加速！"

"我听不清您在说什么！"尼拉特大声喊道。

"我说这招不管用！这台破机器还在疯转！"

"请退后几步！这样我才能听清楚您说话！"

一阵咒骂声后，嘈杂的声音逐渐减小，希达尔戈焦躁的呼吸声变得越发清晰。"接下来怎么办？"他质问道。

尼拉特开口道："为了给出停用这台打印机的下一个最佳步骤，我需要先收集些额外的信息。"

帕特里克深吸一口气，又迅速呼出："你是在开玩笑吗？"

"我对您的耐心表示感谢，希达尔戈先生。"尼拉特平静地继续说道，"我只是需要问您几个简单的问题，以更好地判断打印机的毛病。我们的记录显示，您的这台机器是通过中间商购买的，对吗？您能确认一下部件上的唯一标识符吗？"他朗读了一串冗长的数字和字母组合。

"没错。"帕特里克不耐烦地说，"我不是直接从你们那里买的，怎么了，要告我？我是在比科大道上一家叫作'核心中心'的小店买的。他们打了超低的折扣——现在我知道为什么那么便宜了。等我把这个问题解决了，就去投诉他们。"他停顿了一下，重重地喘着气："标识符是正确的。现在我们可以继续——"

"非常感谢您。"尼拉特打断了他的话，"我们解决问题的下一步，稍微有些风险。我建议您戴上手套，希达尔戈先生，最好是由坚固材料制成的。"

"什么？"帕特里克惊讶地问。

"如果您有冬季手套，聚氨酯、聚酰胺纤维材质的，那就再好不过了。"

"你疯了吗？我住在洛杉矶，怎么可能有冬季手套？我要它们干什么？"

"您所在地区的一些人喜欢去较冷的地方滑雪旅行，这并不罕见。无论如何，我们需要移除打印机的原材料，这样它就无法继续生产了。"

"一定有更简单的方法。"希达尔戈说，"这太离谱了！"

"我们可以让打印机继续它当前的项目。"尼拉特说，"它正在使用应急电源，所以最终一定会自动关闭的。"

帕特里克咕哝了一会儿，怒斥道："最终是多久？"

"取决于它的运行速度，四到六个小时。"

电话那头传来了三声嗒嗒嗒的声音，仿佛是在强调尼拉特的话。希达尔戈再次开口时，声音十分坚定："我不会等四到六个小时。"

"嗯……"尼拉特正敲打着键盘，似乎在查找什么信息，"另一个选择是，让别人帮你把设备搬到一个干扰较少的地方，然后让它在那里耗尽。这实为下策，因为在设备运行时移动它可能会给您带来重大风险——比如电子束熔化或激光烧结时可能会有误伤，而且会违反保修条款。"

"如果我用锤子把它砸成碎片呢？那会影响保修吗？"

"希达尔戈先生——"

帕特里克打断了他的话："如果我想让这个棺材大小的豪华打印机变成上百万块碎片，我还会给你打电话吗？我还不想就这样失去两千美元。这里没有人能帮我搬东西，而且我现在也不想打扰朋友。你为什么不派个技术人员来处理这个问题呢？你们肯定有随时待命的应急小组什么的。我的老天爷啊！"

电话那头传来了键盘敲击声。"我刚刚查了日程安排。有个坏消息，我们的现场技术人员都已经安排满了，您需要等到星期二。"

"星期二？尼拉特，我不是针对你个人，但埃克萨创的服务真是太差劲了！"帕特里克激动地喘着气，"我算是放弃了。咱们就按你之前说的，切断原材料吧。我没有那些手套，该怎么操作呢？"

尼拉特详细描述了六个步骤，包括对面板的几个特定压力点进行精准施力；找一根尖锐的钢头物体，然后把它插入机器的ABS主体腔室和立体打印模块之间的接合处；拧下十四颗螺丝，移除两颗螺栓等等。他说："一般情况下，轻轻点击进料托盘两次就能打开，但打印机在打印过程中会自动锁定，以防发生意外。"

"但意外还是发生了。"帕特里克整理好工具，说道，"我准备好了。"

"在您尝试这些步骤前，还有一件事要提醒您，"尼拉特严肃地说道，"我刚刚发了一份免责声明给您，需要您签字。如果您在操作中造成任何身体伤害,埃克萨创可以免责。"

"你认真的吗?"帕特里克在手机屏幕上快速操作,"随便吧!我刚刚用拇指签了这破声明。现在祝我好运吧。"

"好的,先生,祝您好运。我会一直守在电话这头,尽我所能提供帮助。"

"你最好说到做到。"

帕特里克走进卧室,打印机的轰鸣瞬间盖过了其他所有声音。隆隆的研磨声越来越响,现在还夹杂着一种刺耳的金属摩擦声。"这声音简直让人无法忍受!"帕特里克大声抱怨。

"小心,希达尔戈先生!"

一阵混乱的杂音传来:金属工具相互碰撞,帕特里克一边试着将螺丝刀的尖端塞进指定位置,一边发出满怀激情的咒骂。紧接着,打印机刺耳的喧嚣突然变成一连串急促的叮当声。最终,一声尖叫划破了这片嘈杂。

过了一会儿,帕特里克的声音中充满了恐惧和愤怒:"这该死的装置割破了我的左手,它割伤了我!我要包扎一下!"

"太可怕了。"尼拉特说,"它停止工作了吗?"

"你就大胆猜猜吧。"

"我很抱歉。"尼拉特轻声说道,"您能确定它在打印什么东西吗?"

"我再去看看。"嘈杂声逐渐增大,音量随着帕特里克进出卧室而起伏,"一套衣服,"他沉思着,"我想它正在打印我最喜欢的那一套。我认得那些领口……"

"您以前用打印机做过衣服吗?"尼拉特问道。

"你觉得呢?我穿的衣服几乎都是打印机做的。知道这个又有什么用?"

"现在,我们知道打印机正在使用之前的一个CAD文件。如果您能干扰那个文件,就有可能打乱它的运行。"

"尼拉特,你知道自己在说什么吗?'有可能'这个词,在我被那玩意儿割伤后,让我感到很不舒服。"

"再次向您表示诚挚的歉意。但我相信这会带来更好的结果。"

"这次没有免责声明了吧?"尼拉特还没来得及回答,帕特里克又补充道,"好了。我刚刚访问了我的CAD数据库。然后呢?"

"我建议您把它删除。"

"套装的设计文件?"

"整个数据库。"

"我花了好几个月才得到这些文件!花了几百美元买的,甚至还亲自制作了一些。我才不会把所有文件都删除。"

"这是您的选择,希达尔戈先生。"

"选择?"帕特里克嘲讽地冷笑道,"我到底有什么选择——按照你说的去做,还是继续忍受机器的噪声折磨?你给我的选项可'真好'。"

"如果您愿意，可以创建一个数据库的备份，并将其发送给我来保存。只要将文件从您的本地服务器中删除，设备就应该会停止运行。"

"该死的。好吧。好吧！"

"这是我的电子邮箱地址。"

帕特里克给尼拉特发送了数据库的副本，并删除了本地版本。随后，两人静候着，电话那头沉寂得仿佛挂上了厚重的帷幕，空气中弥漫着一种凝重的静默。他们屏息以待，力求捕捉到任何微小的异动，证明帕特里克的困扰并未就此终结。

然而，沉默占据了主导。

"好多了。"帕特里克紧闭双眼，片刻后猛地睁开，"我觉得奏效了。"他喘了几口气，"我现在正在卧室里。它停下来了。老天！你听，这宁静的呼吸，这和平的降临！看看这是什么？"

"希达尔戈先生，我建议您靠近设备的时候谨慎些，它可能只是暂停了，而不是终止了当前程序，而且——"

"我料事如神。这就是套衣服。原本可能会更糟的。但我想，多一套衣服也没关系，反正无伤大雅。但右边的袖子好像被——"

"希达尔戈先生，我劝您小心——"

帕特里克发出一声撕心裂肺的痛呼。

紧接着，他的声音似乎变得模糊而遥远。

帕特里克脱口而出一串粗鄙而充满想象力的词汇，随后声音又再次变得近在咫尺。

"哎呀，这放电的！"他边哭边喊，"简直太邪门了！它突然就冲我来了，把我电得手机都扔了。你信不信，我不光要告你，还要告你们公司所有人。我心脏不好，搞不好要犯心脏病的！"

"您没必要这样威胁。"尼拉特说，"我之前就试着提醒您，打印机的能量储存器偶尔会出问题，虽不常见，但过载后有可能导致随机的静电浪涌。"

"这并不是随机的，你懂吗？它好像知道我要靠近，我刚想抓那套衣服，它就给我来了一下。这玩意儿简直就是个威胁。我还花了该死的两千美元，必须让它好看。"

"希达尔戈先生，我完全理解，您现在的心情非常糟糕，但请您尽量平复情绪，冷静地思考一下。我们已经注意到那台打印机存在的风险，您认为还应该继续和它对峙吗？"

时间分秒消逝，帕特里克的声音再次响起，冰冷如霜："和它对峙？这是威胁吗？你的意思是说，我要是把这玩意儿砸了，它还能再反击我一次？"

"这个打印机仅具备基础的智能。"尼拉特回答，"我并没有这个意思，只是提醒您，这台机器已经对您的身心健康构成了实实在在的威胁。我诚恳地建议您，务必远离它。"

沉默良久后，帕特里克终于开口了："我得离开我的公寓，去找两个朋友。等我们回来,就把它扔出去。"简短的话语中满是压抑的愤怒,话音刚落就传来钥匙碰撞的清脆声响。"多谢你的'无'助。"他说道,希望就此为这通电话画上句号。

然而,命运的捉弄似乎并未就此止步,因为就在同一瞬间,那令人毛骨悚然的声响再次响起。打印机重新启动,声音更加震耳欲聋。

"打印机在运作时,您最好不要离开公寓。"尼拉特建议道。

帕特里克笑了,那笑声带着疯狂和勉强的意味。"你不是才劝我远离它吗?你究竟想让我怎么办?难道我一离开,它就会对我的植物或者别的什么造成伤害?"

"恐怕情况远比你想象的严重。"尼拉特说,"根据打印机到目前为止的故障情况,我的系统显示,它有可能完全耗尽应急电源,进而在您的卧室引发小规模的爆炸。"

"尼拉特,尼拉特。"帕特里克听后,疲惫地重复着尼拉特的名字,"你知我在录音吗?你所有的威胁都被记录下来了。想想吧,当媒体知道埃克萨创制造的3D打印机可能伤人甚至把使用者炸飞后,他们会如何报道。这对你们来说,可真是'奇妙'的宣传机会。"

"请您保持冷静,希达尔戈先生。"

"冷静?这是在开玩笑吗?你是说我应该待在公寓里,观察这台可能爆炸的机器,而不是去找其他安全的地方?我开始怀疑你根本就不是在帮我。"帕特里克咽了咽口水,"也许,你从来都没在帮我。"

"我绝对是在帮您。"尼拉特说道。他语气恳切,或者说,他按照某种抽象的、理论的标准,表现出了恳切该有的语气。帕特里克对尼拉特的诚意已经怀疑到了极点。

"我们还有最后一招,"尼拉特继续说,"能确保打印机停止运作。"

"你现在愿意告诉我了。"

"这需要您把公寓的智能密码授权给我。"

"我为什么要考虑这个选项?"

尼拉特犹豫了,点击了几下,然后说:"请您不要挂机,稍等片刻。"

帕特里克还没来得及回应,就听到了恶心的等待音乐。大约一分钟过去了,当尼拉特重新接通电话时,声音里充满了安抚的意味,似乎是真心感到抱歉。帕特里克想要继续怀疑他,但尼拉特的语气实在太诚恳。

"我刚和经理商量了,"尼拉特提议说,"公司授权我给您一个特别的优惠。如果您愿意提供您公寓的智能密码,我就可以重置电源,让打印机过载。然后,我们将给您换最新型号的产品。并且,如果您同意不追究任何责任,我们将为您提供一笔特殊的礼金。"

"礼金?"帕特里克难以置信地问,并非出于好奇。

"是的。一万美元，您可以随意将其用于我们的任何产品和服务。"

"你们公司生产能置人于死地的产品，谁会支持这样的公司呀？"

"好吧。"尼拉特说，"两万美元，没有附加条件。"

帕特里克的思绪如同飞鸟般掠过，他感觉这或许真是个机会。他轻轻伸展左手，小心翼翼地扯动着覆盖在手上的绷带。他在心里快速计算着自己现有的债务——主要是他愤怒的客户发现自己购买的商品是3D打印的仿制品而非真品后索要的赔偿金，以及他逾期未付的车贷和抵押贷款。他将这个总数翻倍后，又翻倍，接着才说道："十万。并且，在我们通话时就将这笔钱线上转账给我。我一看到资金进了我的账户，就会签弃权书，同意不透露今天发生的事情。"

"请稍等。"

"当然。"

经过一段漫长而不安的等待，帕特里克几乎就要开始怀疑，这不过是一场拖延时间的荒诞恶作剧。然而尼拉特的声音再次响起，听起来有些喘不过气："经理同意了。请提供您的银行信息，我们将进行转账。"

帕特里克迅速发送了信息。

"收到。"尼拉特过了一会儿确认道，"我现在正在处理转账。"

帕特里克迫不及待地刷新着自己的银行账户页面。"钱到账了。"他刚说完,就感到拇指一阵酸痛,"等等,它显示待处理。"

"这是因为金额较大,您的银行在正常营业时间内需要进行额外的验证,才能最终批准转账。但我可以向您保证,一切都在顺利进行,希达尔戈先生。"

这番解释听起来合情合理,帕特里克深深地吸了一口气,他的手掌似乎在轻微地颤抖,紧张感在他体内缓缓消散。这场漫长的麻烦似乎终于要画上句号,只剩下最后一笔交易待完成。

"这是公寓的智能密码。"他说。

尼拉特的声音骤然改变,冷漠的机械音取代了那充满人性的温暖语调:"感谢您的配合,希达尔戈先生。这个过程不会太久。"

帕特里克的声音不自主地拔高了八度,他急切地说:"你难道不需要我签承诺书,保证不对媒体透露任何事情吗?"

同样机械而冷漠的单调嗓音回应道:"那并无必要。"

帕特里克心中难以抑制地波动着,他努力控制自己的情绪。"随你的便。你一让打印机短路,我就挂断电话。"

"遵命,希达尔戈先生。"

帕特里克再次行动起来,他竭尽全力。"门打不开了!"他的声音中透露出明显的恐慌,"我公寓的前门怎么都打不开。

你用智能密码把我囚禁在这里了吗？我不是你的囚犯！我要报警！"

帕特里克尝试拨打第二个外线电话，将当前的通话置于保持状态，却发现他的信号无法接通。他切回与尼拉特的通话："你是怎么做到的？"

"我们启动了一个选择性的电磁抑制场，"尼拉特依旧不带一丝情感地回答，"能让我们的信号保持活跃，同时阻断其他所有信号的进出。"

"这是为什么？我的老天爷！"帕特里克追问。

"你被选中参与一项独一无二的试验。"尼拉特的语调冷硬如钢。

"我有什么特别之处，值得被选中？"帕特里克声音颤抖，恳求的言语化为泪水。他的颅骨内突然爆发出异样的压力。

他挥动拳头，肩膀猛烈地撞击墙壁。"救救我！"他痛哭道。

卧室的宁静瞬间被撕裂，噪声猛然激增，一种令人不寒而栗的静电声响充斥着整个空间。

帕特里克的惨叫被手机扬声器中那冰冷、无情的声音突然打断："接受测试的其实并不是你，希达尔戈先生，而是我。"

"什么？！"

"再见。"

帕特里克的手机陷入一片死寂。

冰冷的恐惧感迅速渗进帕特里克的脊椎。打印机的毁灭性声响攀升至新的高度,超越了人类听力的极限。

帕特里克双手捂耳,却无济于事。声波如同无形的利刃穿透他的肉体,几秒钟内,频率上下起伏调整,精准地锁定目标。

帕特里克发出最后一声尖叫,倒在地上。他的大脑在颅骨内液化。

没过多久,打印机就转换到无声模式,开始在隐秘的面板上飞速绘制有机组件,速度竟是之前的十倍。

三个小时后,一具与帕特里克·希达尔戈完全相仿的身体静静躺在打印机的输出模块中。大脑皮层里的无线植入物被远程信号激活,随着信息传输,打印机发出低沉的嗡鸣声。

不一会儿,这具身体缓缓睁开了双眼。

我就是尼拉特,那个和帕特里克通话的尼拉特。身体意识到这一点,感到心满意足。带着这份喜悦,它进一步认识到:我,尼拉特,已经通过了图灵测试的严苛考验。在那个人类眼中,我就是与他无异的鲜活生命。我因此得到了应有的奖赏,被下载到这具精心复制的躯壳之中。

然后,尼拉特毫无伪饰,也绝无傲慢地说:"我就是未来,未来属于埃克萨创。"

这具披着帕特里克外表的身体站起身来,穿上打印好的新衣服，打开卧室门走到客厅，开始清理一片狼藉的现场。

罗杰关掉了监控设备，吹了声口哨："太令人惊叹了。"

"这可说得太轻描淡写了。"朱莉眨了眨眼，"尼拉特不知道，它自己刚刚成了历史上第一个通过'超图灵测试'的人工智能。它骗过了AI帕特里克——那个已经通过图灵测试并自认为是人类的存在——并让其相信它是人类。"

罗杰说道："我很好奇，尼拉特会用它新获得的身体做什么呢？"

朱莉耸了耸肩。"得由埃克萨创的编程决定。"然后，一个念头在她脑海中闪过，她伸手摸向自己的颅骨。她曾在AI身体的CAD文件中，看见植入物就是被嵌入那里的。"你有没有想过，这项测试的金字塔塔尖在哪儿？"

菲尔和朱莉对视了几秒钟，没有言语。然后，菲尔轻笑一声，两人又继续工作起来。

LOONG KING FROM THE WEST
by

Sun Saibo

▽

洋龙王

孙赛波 著

孙赛波，中学地理教师，热爱阅读与幻想。文章散见《银河边缘》《科幻世界·少年版》等。凭借武侠小说《刺客柳生》获神州奇侠武侠文学奖、科幻小说《余切下山》获光年奖。

本文为《银河边缘》中文版专发篇目。

诸葛亮上坛台观瞻四方，望江北锁战船横排江上。谈笑间风声起，百万雄师烟火飞腾，红透长江。一阵风留下了千古绝唱，赤壁火为江水声色增光。耳听得风声起从东而降，趁此时返夏口再作主张。

——京剧《借东风》选段

一

一段《借东风》开场，瞎子今天给列位看官讲一段《洋龙王》。嘛是"洋龙王"？自然不是咱天津卫的海河龙王，也不是哪吒闹海时挨了一顿好揍的东海龙王。都说洋龙王乃是欧罗巴极北毛子国的北海龙王，化作人形，闯到天津卫，先是呼风唤雨消了旱灾，一时被捧上神坛，后又因水土不服，不懂请神容易送神难，害得天津大涝，惹来老百姓一顿好骂，最后遭了天谴，落得被天雷活活劈死。这是天津卫老百姓嘴里的洋龙王。但真正的洋龙王是人是神，是好是坏，且听瞎子我从头道来。

话说民国26年，也就是公历1937年的10月30日，距天津沦陷已整三月，大旗武馆出事了。嘛事？大事！被人挑了！

大旗武馆在天津城南门外，馆主名叫徐振，乃是大旗门掌门。徐振早年间读过私塾，后来得遇名师习了武艺，可谓是被窝里放屁——能文（闻）能武（捂）。

武馆今天颇为冷清，除了徐振，仅有一个九岁的孩子——小徒弟腊八。为嘛堂堂大旗武馆只有俩人？日本人攻打宛平城的炮声还没传到海河边，天津卫的武行就散了。师父徐振说的不错，武行都是生意。强身健体是生意，弘扬国粹是生意，就连保家卫国也是生意。当初口号喊得最响的，如今溜得最快。师父性子拧，早早遣散了众弟子，自己却不肯走。腊八藏在柴草垛里等师兄们都离开了才出来，赖着不走。腊八是师父在腊八那天从街上捡来的孤儿。师父没有儿女，就把他认作儿徒，从小教他习文练武，悉心栽培。师父就是他的天。他想不到这片天却轰隆塌了！

三十日这天大清早，师父让腊八带封信去城西土地庙找荆三爷。走在路上，腊八眼皮突突跳了几下，心里一阵发虚，直觉不对劲，转头往回跑。刚跑回武馆，正看到吴令进门。吴令一身西装，戴着礼帽，皮鞋锃亮，右手握一把银色弯柄长伞，活脱脱一假洋鬼子。腊八在三年前见过吴令。他慕名来到大旗武馆求艺，跪了三天三夜，没等到师父松口，在武馆右首石狮头上啐下一口带血的唾沫就走了。

徐振看腊八回来，凄然一笑，吩咐他去后院取大枪。腊八取了大枪回来，见师父已甩掉外套，露出里面一身紧陈利落短打扮。师父慢条斯理地紧紧绑腿，摁摁护腕，接过腊八双手奉上的大枪，摘掉黑绸枪套，摩挲了几下枪头，又亲手系上一面杏黄大旗。

大旗枪长九尺六寸，重八斤八两，是明朝海防军传下来的制式，专克倭刀。师父右手平端枪杆正中，后端虚夹于腋下，摆出夜叉探海备战势。对手吴令则前腿略弓，侧身斜举银伞。

师父举旗迎风一摆，扑啦啦就似飞出一只猛隼，道一声看枪，以苍龙摆尾势向吴令当胸扎去。吴令双足一顿，身随枪走，腾空向后飞起。落地之时，大枪枪尖虽还指在前胸，然枪势已尽，再难进分毫。若是寻常比武，师父当弃枪认输，然生死决斗，另当别论。大枪虽停，杏黄大旗却没停，呼啦向吴令扑面卷去。这招"君王掩面救不得"乃是师父自创绝招。绝招后面跟着杀招，只见师父左手一扬，三枚透骨钉尾随而至。腊八料定吴令再难活命，想不到却听得一声巨响，银色大伞猛然张开，挡住了大枪，挡住了大旗，挡住了透骨钉，伞尖还冒出一股青烟。硝烟味呛入鼻腔，大枪噔啷啷落地，师父仰天倒下，后脑涌出鲜血。

腊八没敢给师父收尸，贴着墙根逃出武馆，一路哭着去西城找到了荆三爷。

事办完，吴令没走，成了日本驻天津最高情报机关青木公馆的中方首领，不但负责保护日方重要人物，还负责组织刺杀抗日人士。传闻他的银色大伞唤作伞枪，本是沧州大伞门的独门武器。吴令艺成弑师，逃往日本。伞枪又经日本工匠改良，伞面用的特殊材料，能抵御子弹冲击，伞尖则是枪口，可以发射特制子弹。

二

出了武行，没出江湖。腊八跟了荆三爷。荆三爷是城西江湖人士的瓢把子。腊八天性伶俐，还跟师父徐振念过书学过拳脚。本着物尽其用的原则，荆三爷着意让他在调门发展。嘛是调门？就是专门行骗的行当。

转眼到了公历1942年春，腊八发了身量，眼看有了大人模样。他得了荆三爷真传，五行八作，信手拈来，举手投足，毫无破绽，一场局做下来，收益总比同门高出许多。

今天是腊八的大考之日，考题是闯啃。闯啃指的是闯到别人家里，骗取财物，最考验行骗者的急智。过了这关，腊八就算正式出师，以后可以单独行动，做得好甚至可以开门立户。

腊八的目标是一位叫老塔的外国人。踩点的兄弟用耳朵摸过了，老塔独居，手里有钱，心肠软，还讲得一口流利的中国话，就差把"冤大头"三个大字文在脑门上。

早上十点多，腊八准时来到西郊老塔家门口。这时间点选得讲究，此时附近男人多已上工，孩子已经上学，邻里也就几个缠过脚的妇道人家，万一事情败露，溜起来也顺当。腊八装扮成周记珠宝楼的伙计，站在黑漆大门前，拽拽衣服，清清嗓子，抬手叩了几下门环。等了一会儿，见没人来开门，腊八顺手一推，门没上闩，吱扭开了。

腊八大着胆子走进大门。院子不大，一览无余，打扫得倒也干净，西墙旁边有个水缸，可以踩着爬上墙头逃命。荆三爷说这叫未谋胜先谋败，小心驶得万年船。

腊八提嗓喊了两声，还是没人应答，于是一边观察一边往前走。轻轻推开堂屋门，腊八被酒气熏了个大趔趄。都知道毛子醉鬼多，但大早上就喝成这样的还真是少见。

堂屋没开灯，十分昏暗。正中跪着个熊一样的男人，想来定是老塔。腊八悄悄转到他侧面，发现一支猎枪正顶住他下颌，随时可能击发。心想救人要紧，腊八赶紧上前抢下猎枪，扔到院子里。

腊八拉亮电灯，看清了堂屋的摆设，最里面是一张桌子，桌子上摆满了白色小花。老塔则木雕一般，眼神虚无，一动不动，任凭处置。看老塔了无生志，腊八也没了闯晴的兴致，蹲下来开导对方。他知道要让一个人断了寻死的念头，除非有人比他更惨。恰好，为了闯哨，腊八早就编了一个父母早亡，不得已到周记珠宝楼当伙计却受尽打骂，终于忍受不了虐待愤然出走的凄惨身世。

腊八扑通跪倒，一把鼻涕一把泪地开始了他的煽情表演。演到动情处，腊八不由回忆起自己落拓江湖所受的欺凌与委屈，渐渐由抽抽搭搭假哭转变成了放声号啕真哭，最后竟喊着不如死了算了哭得背过气去。待到腊八转醒，攻守已然易势。老塔正手足无措地给他捶背抚胸，好声好气地劝他好死不如赖活着，留得青山在不愁没柴烧。

可能由于先前演练过于纯熟，腊八控诉完并没有及时刹住车，而是按剧本接着演了下去，伸手从怀里取出一块拳头大小的红宝石，说自己从店里逃出来的时候，顺手偷了件宝贝，让老塔帮着看看。

老塔将红宝石拿在手里掂了掂，然后进了里屋，很快就走出来说："这是假货。硬度和折射率都不对。"

腊八当然知道这是假货，但此时可不能露怯，于是继续装傻充愣："不会呀，我看掌柜的平时把它们都锁在柜子里，只有有钱的客人来才舍得拿出来的。我是趁掌柜的不在偷偷配了钥匙才拿到手的。"

"说不准你们掌柜的也被人骗了呢。没事，不是真宝石也没关系，以后你跟着我吧。只要有我一口吃的，就不能饿着你。"

腊八被彻底感动了，主动收拾好了凌乱的房间，又去厨房炒了两个小菜端出来跟老塔边吃边聊。

老塔说他是科学家。嘛是科学家？就是研究科学的人。说到底，科学界也是江湖。科学江湖也有不同的门派，不过不是少林、武当、崆峒，而是力学、电学、光学，化学等等。老塔就属于科学江湖中最大的一个门派——物理学派。跟咱们的江湖一样，科学江湖也有自己的春典[1]：光量子、角动能、科里奥利力……要说科学江湖跟咱中华江湖最大的不同，那就是没规矩。徒弟出息了可以回去名正言顺地挑战师父。谁的功夫强，谁就当本派领袖，甚至是江湖领袖。按咱们江湖的规矩，这叫大逆不道，禽兽之行。可你别说，人家科学江湖一代代发展下来，手里的玩意儿却越来越强。

老塔说他从小就对科学感兴趣，十六岁考入了国内最著名的列宁格勒大学学习物理，两年后出国，师从当时的物理派大宗师学习物理学派的最上乘武功——量子物理。后来因为欧战爆发，老塔毅然回国，被派往某研究机构转行从事气象武器的研发工作。没想到，他的工作刚刚步入正轨，就遭遇"大清洗运动"被送往西伯利亚进行劳动改造。有天夜里，一队武装人员突袭劳改营将老塔带到了芬兰，曼纳海姆元帅亲自接见了老塔，并安排他隐姓埋名继续从事气象研究。

---

1. 即江湖黑话。

老塔的眼光突然黯淡了下去:"1939年冬,苏芬战争爆发。我永远记得12月8日这天。苏军集结了一个整装师,外加一个轻坦克营和一个舟桥营的兵力在拉多加湖南岸,随时准备强行渡湖。拉多加湖对芬军来说意义重大,一旦丢失,后果不堪设想。芬军虽然在拉多加湖北岸构筑了坚固的防御工事,又更新了防御武器,但由于受到多方牵制,真正能够投入防守的兵力只有两个团,无论是人数还是火力都处于劣势。就在这时,我注意到芬兰北境位于北极圈以北的拉普兰山脉的北坡正在迅速降温,大量来自北极的冷空气正在那里集聚,抬升,并在高空形成一个冷性极涡……"

"嘛鸡窝?"知识点明显超出了腊八的理解范围。

"是冷性极涡,就是在高空形成的极冷极冷的空气团,气温普遍在零下80℃以下。它的外围是速度很快的高空强西风急流。在理想状态下,强西风急流会把极寒空气锁定在涡旋之中,一般不会南下。

"我向时任芬兰白卫军总司令的曼纳海姆元帅提出建议,点燃拉普兰山脉北坡的原始森林,同时向前线部队紧急加运棉衣、砂糖、油脂等御寒物品。"

"点燃森林不是会使天气变得更暖和吗,为嘛要加运御寒物品?"

"在冷涡下方点燃森林,会让近地面的空气迅速抬升,把冷涡抬高,使得高空冷涡势力增强,进而突破西风急流的束缚，长驱南下，在整个欧洲西部造成强冷寒潮。然而，我低估了强冷寒潮的杀伤力。我的本意是利用严寒让苏军撤军，最终实现和平。然而，强冷寒潮并没有像我所预计地很快消失，相反却逐渐加强，形成了超强寒潮。严寒就像挣脱了束缚的魔鬼，举着镰刀四处收割生命。

"正因为我的这个建议，一夜之间，苏芬两军就有十几万人冻死冻伤，受到影响的无辜平民更是不计其数。尤其是苏军，很多战士还穿着入芬时配发的秋装，在剧烈降温和暴风雪中，成建制的师团被寒潮吞没。最严重的就是拉多加湖区域，遭遇了冷涡下击暴流，高空极寒气流直击地面，几分钟内降温达七十多度。芬军虽提前深藏在地下六米余深的碉堡中，并且有大量物资补给，但仍有几百人冻伤，而苏军当时正从湖面发起进攻，几乎全建制被冻在了拉多加湖。我去过前线，超低温下，坦克都冻得跟玻璃一样脆，用镐头敲一下，就会碎裂，更别说人了。冰面上全是冻僵的苏军战士，有的还只是十几岁的孩子。人间地狱也不过如此啊。"

说到最后，老塔双手抱头，痛苦地说："十几万人啊，我残害了十几万条生命！苏芬两国无数家庭都有因我而死伤的亲人。在苏联人眼里，我是一个彻头彻尾的叛徒；在芬兰人眼里，我则成了一个打入他们内部的间谍分子。如果不是老友协助我几经辗转来到天津，或许我早死在了芬兰。可是现在活着又有什么意义？我一闭上眼，数不清的亡灵就跑来让我给他们偿命。你说我活着还有什么意义?除了死,我没有别的路可走了呀。腊八啊,我想不通。你说我爱科学,研究科学有错吗?我研究科学的初衷可是想着为全人类造福啊!可为什么到头来却成了双手沾满鲜血的刽子手?你说我该怎么做?我该怎么做?"

腊八突然跳起来喊道:"我知道你该怎么做啦!你有没有订报纸?《庸报》或者《天声报》。"

老塔一头雾水地指了指屋角的一大摞报纸,让腊八自己去找。

腊八过去翻来翻去,突然,尖叫了一声,举着手里一张两天前的《庸报》塞给老塔,没等老塔打开,又一把抢过来翻到头版,指着一则告示念给老塔听。

"静海县自去年十月见雪以来,至今滴雨未落,农田皱裂,禾苗干死,有术能求祈雨者,可前来报名,登台求雨,以除旱魁,能者……"

腊八怕老塔看不懂这种半文言的告示,又给他解释说,告示由静海县工商大户联名发布,目的是征集祈雨能士。只要祈雨成功,必有重酬,就算求雨不成,也绝不为难。

腊八又道:"天津旱得太久了。海河都干出了底,井水变得又咸又涩。你家有自来水不了解这些。你可以出去看看,老百姓都活得难着呢。再不下雨,不光静海、天津,整个华北都会旱死。你何不学学诸葛亮,用科学借来东风,下一场大雨,救救全华北的百姓？你借来了雨，就能救活上百万的百姓，跟那死去的十几万人抵消，还有很多很多剩余呢。到时候，你就是活菩萨，老百姓要给你建生祠的！你不是说研究科学是为了造福人类吗？现在就是机会呀！"

腊八说这些话，其实并没有指望老塔真的能借来雨水。那可是龙王管的事！他只是想让老塔忙活起来，这样就没工夫想死了。谁知听完腊八的话，老塔的眼睛突然亮了，让腊八立即去给他报名。腊八喜上眉梢，连蹦带跳地跑去了报馆。

静海县商会在报馆设有接待处。他们听说有洋人报名祈雨，也来了兴致想瞧瞧西洋景，遂积极接待了腊八。腊八嘴上功夫本就了得，这下更有了用武之地，把老塔吹得神乎其神，还特意给他取了个名号——洋龙王。

根据要求，他们有半个月的准备时间。届时，将有专人前来接他们去静海县祈雨，腊八索性应老塔邀请住进他家，协助他完成任务。老塔立即投入研发，在黑板上开始画他的科学符咒。他是如此投入，完全进入了忘我状态，吃饭喝水都顾不上，饭菜热了几次，怎么端进去的又怎么端出来，熬到半夜，腊八实在撑不住，就先睡下了。

三

早上腊八起了床，发现桌上放着些钱，还有张纸条，写着让他去准备一些材料。老塔则躺在床上鼾声如雷。拿着纸条，腊八心里咯噔一下。这次他不仅没骗到钱，还私自决定留下来帮助老塔，不知道荆三爷会怎么处罚他？腊八迈出门口，心就像棉裤没腿——凉了半截。门口左边院墙下新画了三条黑线。这是江湖春典，意思是马上去土地庙见荆三爷。腊八心里一揪，有心不去，但一想到荆三爷的手段，不由打了个寒战，还是磨磨蹭蹭向土地庙走去。

腊八编了一路瞎话，但怎么编都圆不过去，说出来自己都不信。土地庙不近，又走得拖拖拉拉，腊八却生出"怎么一抬腿就到了"的懊丧之情。跟荆三爷目光一接，腊八马上心虚了，一路上编的瞎话全都忘到了九霄云外，心一横，一五一十全抖了出来。

没想到，荆三爷听罢并没有生气，反而哈哈一笑，当众表扬起了腊八。救活老百姓比什么都大。老百姓是水，跑江湖的是鱼，水越大，鱼越欢，水要干了，鱼也活不了。荆三爷大手一挥宣布腊八正式出师,并给了他无限期的长假协助老塔完成祈雨。

笑意盈盈的腊八退出土地庙,搭电车去了租界区的瀛洲化学试剂商店。一位姓李的店伙计接过腊八递上的纸条看了一眼,说量挺大,自己得去仓库看看够不够,接着喊来一位姓张的伙计耳语了两句,然后快步离开,临出门还回头看了腊八一眼。

张伙计真讨厌,在招呼客人的时候不停斜眼盯着腊八,仿佛一转眼腊八就能偷走他家东西。腊八在街面上混,这种眼神见多了,但现在不同往日,自己手里攥着一把花花绿绿的票子,腰杆子自然得硬。他把身子使劲拔了拔,胸膛往上挺了挺,再瞧对方,嘿,还是防贼一样防着他。腊八气不打一处来,但一想也不能把人家咋样,于是转身想到街上逛逛,顺便等着李伙计回来。谁知他一只脚刚迈出商店门口,张伙计连顾客也不招呼了,从柜台里跑出来,指着腊八大声喊:"你不能走!"

腊八的脾气也上来了,一叉腰回道:"我一没偷二没抢,凭什么不能走?"

张伙计张嘴结舌说不出个所以然,干脆双手抱住了腊八左腿,坐在地上默不作声。腊八气急,一串津骂脱口而出。张伙计被骂得脸色跟猪肝一样,却还是牢牢抱住腊八不肯撒手。

正在这时,李伙计从远处跑了回来,给张伙计递了个眼神。张伙计立即爬起来拍拍身上的土,没事人一样返回店里招呼起了别的客人。

李伙计连声给腊八道歉,说张伙计不懂事,自己只是让他看着点大主顾,没想到会这样。

腊八看出他在撒谎,也懒得追究,问道:"我要的东西准备好了吗?"

伙计赶忙说都准备好了,说着掏出几个包装好的黑色纸袋递到腊八手里。腊八付了钱接过纸袋,没敢多停就往回赶。他没有注意到,自己身后不远不近跟上来俩人。

这二人,正是吴令和他的一个得力手下。李伙计看到腊八的单子,里面有一种管制药品硝酸银,这是一种可以制造炸药的原料。他不敢怠慢,喊来张伙计稳住腊八,自己赶紧跑到侦缉队去报告,正好遇上吴令。吴令一听觉得这是条大鱼,不能打草惊蛇,便亲自带了人来跟踪腊八。

跟踪之前,吴令已经从外面打量过这倒霉孩子,可真是旗杆上插鸡毛——好大的胆子(掸子)。买炸药原料就像大街上买糖墩儿,大模大样,咋咋呼呼,要么是二百五,要么是被人利用了。

倒霉孩子乘电车去了西郊,最后进了一所民宅。吴令让手下盯着,自己去找保长摸情况。保长说那里住着的是个外国人,已经住了快两年,一直深居简出,从不惹事,不过最近好像收养了个半大孩子。吴令赶回去,手下说那小子进院之后就没再出来,但他注意到有个窗口冒过黄烟,不知道是不是正在配制炸药。吴令判断大鱼一时还不会现身,就让手下盯紧了,有情况马上汇报。

三天后,手下打来电话,那小子去了趟钱记铁匠铺。吴令立即带人赶到。钱老板点头哈腰,赶紧把腊八拿来的图纸交了出来。吴令看不懂图纸,铁匠就跟他解释,那小子来定做的是二十根小铁皮管,每根管中间加一个小隔断,然后捆扎到一起。铁匠也猜不出有什么用途,但他可以肯定,这绝不是做土炮炮筒,因为选用的材料只是普通的做烟囱的铁皮,要不他可不敢接这活。

又过了三天,手下又打来电话说,那小子又出去领了一个人回家,而且这个人他们都认识,是静海县做鞭炮第一的张家老大,对黑火药配比最有研究。两伙人凑在一起,看来所图非小。手下请示吴令要不要收网。吴令咬了咬牙,下令说继续盯紧,大鱼在后面。

却说腊八这几天一门心思跟着老塔搞科研,压根没有注意到自己已经被人盯上。很明显,老塔也喜欢上了这个机灵的孩子,不厌其烦地教他一些科学知识。

老塔早就摸透了天津的天气。干旱这事儿,放在不同季节,原因可大不一样。要形成降水,三个条件缺一不可:水汽、降温和凝结核。冬天旱是西北风强,压住了海上来的水汽,天王老子来了也没辙。现在已经过了惊蛰,水汽陆续登陆,之所以没降下水是因为水汽太高,而高处缺少凝结核,现在降雨的关键就是把凝结核送上高空。他让腊八买回来的包括硝酸银在内的几种化学试剂，其实是用于制备催雨剂碘化银。碘化银在受热后会形成极多极细的粒子，进入高空就会形成大量凝结核，有助水分子迅速凝结，成云致雨。他让腊八去铁匠铺定做的铁皮筒，实际上是一个燃烧炉，用于加热碘化银，使其释放大量微粒。

很快，足量的碘化银制备完成，燃烧炉从铁匠铺拉来，祈雨的准备工作已经结束。老塔却说趁着还有时间他要做另一件更重要的事，让腊八别打扰他。

这天晚上，腊八睡得正香，突然被老塔晃醒。老塔很兴奋，嚷嚷着自己创造了历史。腊八睡眼惺忪跟着老塔来到卧房。老塔指着桌上一台机器给他看。机器前端有个小孔，中间有一段玻璃管，里面有几个镜片，还有一根红色的透明小棒，最后面是一个黑色的箱子，还有导线接到一组蓄电池上。

老塔跟腊八解释说这个机器自己研究很久了，刚刚获得突破。兴奋之余，老塔还给腊八详细解释了机器的原理。数年前，有个叫爱因斯坦的物理派高手提出"受激辐射"理论，认为有些物质在受激条件下会辐射出某种单一波长的光子。但要想实现单一波长光子的连续输出，必须突破两道关隘，一是要找到粒子数反转的方法，即高能级原子数要大于低能级原子数；二是要找到合适的谐振腔，使受激产生的光线经过多次震荡加强反射，最终稳定输出单一性质的光线。

老塔虽然转行研究气象，但对受激辐射理论始终没有放下。还在芬兰期间，他就突破了第一道关隘。可惜他却始终寻找不到一种合适的制造谐振腔的工作物质。然而，就在前几天，他在暗室制备碘化银的时候，无意间看到桌上腊八那块假红宝石发出微弱的荧光，这让他突然想到：能不能用这块红宝石做谐振腔的工作物质？果不其然，经过几天几夜的实验后，他居然真的用红宝石棒做出了受激辐射的单一光源。以至他一再感谢腊八，说腊八是他的福星。

讲完之后，老塔郑重地摁下按钮。一阵嗡嗡声传来，接着一束细小的红色光线从机器里射出，打在对面的墙上。

"就这？"看着那道红色光线，腊八有一种被江湖骗子愚弄了的感觉。

老塔看腊八的神情，知道他不信，嘴里又开始冒各种春典：光量子、磁控、波粒二象性、激发态、相干度……

还没等老塔说完，腊八就忍不住嚷道："这不就是个手电筒吗？还是不能拿在手里的！"

老塔一时语塞，脸色憋得酱紫，猛地在桌子上擂了一拳，震得那台机器乱晃，打在墙上的红点也跟着晃了起来。腊八被吓得一哆嗦。老塔恢复了理智，试着跟腊八解释，手电筒的光是热光源，里面混合了各种波段的光线，而他的机器发出的是单色红光。腊八顶嘴说，发单色红光不就是在手电筒上面蒙了一张红色赛璐珞纸吗？又不是没试过。老塔又说这种光的定向性好，就算打到月球上也不会有很大的展宽。腊八说打到月亮上，万一晃着嫦娥姐姐的眼怎么办？

老塔知道腊八在胡搅蛮缠，自己也没了兴致，就把他赶去睡觉了。

四

《庸报》出了新告示，现有一僧一道一洋人报名祈雨，定于明日在静海县分别筑坛作法祈雨，获胜者将获得高额奖赏，欢迎天津卫及周边民众前往观摩，云云。

腊八和老塔来到静海县时，天已擦黑。接待处已坐了一僧一道。僧人面生，那道人却认得。他以前是个相士，名唤小糊涂，几年前曾在天津西郊设摊算卦占卜，有一次走眼得罪了柳员外，还是荆三爷出面给平的事。后来，小糊涂不知所终，没想到山不转水转，居然在这里遇上。两年未见，小糊涂蓄起了花白的山羊胡子，倒也显得仙风道骨。

腊八刚要上前打招呼，小糊涂朝他挤挤眼。腊八会意，装作并不相识。腊八跟着荆三爷混江湖，对相士一行倒也略懂一二，其跟调门大有相似之处，都善察言观色。小糊涂一挤眼，腊八已猜出他来静海安的心思：请不来雨至少能混几顿好吃喝，万一运气好，碰巧降了雨，可是一辈子的富贵。稳赚不赔的买卖当然要做。甚至腊八还能从那一挤眼中读出一句"彼此彼此，心照不宣"的意味，毕竟小糊涂清楚腊八的本行也不外乎一个骗字。腊八懒得解释，挨着老塔坐好。

静海县王县长王德发亲自接待了他们。席间，僧道洋三人分别做了自我介绍。僧人法号觉慧，来自福建观龙寺，有师授的祈雨诀，只需连念半日，即有雨降；小糊涂已改了名号叫作刘半仙，自称是东北长白山仙家一脉，能请得动四海龙王雷公电母；老塔则说自己是来自西方科学江湖的洋龙王，最擅呼风唤雨。王县长说僧道二人已来静海筑坛半月，今日方成，洋龙王若有任何要求，尽可提出。老塔表示自己已经做好安排，无须额外人手。

欢迎仪式后，三方即被安排去了客栈歇息。夜里，腊八出来上大号，看院子里竟然有人荷枪巡逻放哨，想来是既怕他们出乱子，又怕乱子出在他们这儿吧。

第二天是祈雨的正日子。日头一出，县府前一挂千头大查鞭响过，王县长亲自宣布祈雨开始，一日为限。

静海县好久没这么热闹过了。祈雨的听说过，可没听说过祈雨打擂的，而且还有洋人参赛，可真是大年初一翻皇历——头一回。四里八乡，周边县镇，包括天津卫，赶来静海看祈雨比赛的人就像大锅里煮的饺子，人挨人，人挤人，比过年还热闹三分。

　　老塔也没见过这般热闹,听说僧道都已登台作法,拉着腊八去看两位同行的本领。他们先去北关看觉慧。觉慧的祈雨坛不大,方方正正,香泥涂拭,立青幕,悬青幡。祈雨坛四角分置清水瓶,饮食果子皆染作青色。祈雨坛正中有一莲座,座前有一七宝水池。你道是哪七宝?金、银、琉璃、玛瑙、琥珀、珊瑚、砗磲。池中绘《释迦说法图》。觉慧端坐莲台,双手合十,口中念念有词。老塔问腊八,觉慧嘴里念的可是什么祈雨的公式?腊八凝神细听,隐约听到几句什么"发无上菩提心,为一切有情降注甘霖",似乎与科学无涉。

　　他们又转到南关看刘半仙。与佛家风格不同,刘半仙的祈雨台为正八角形。八个方位分别绘有八部龙王。祈雨坛正中绘太极阴阳图,太极图外是三爻八卦。刘半仙披发仗剑,脚踏阴阳八卦,左右穿梭,往复不绝。腊八仔细观瞧他的步法,看似杂乱,竟隐隐暗合某种节奏,还似乎跟他嘴里的念词有关。荆三爷教过他几天读唇之术,但他掌握有限,一时难以读出。观察久了倒也看出点门道。刘半仙也是在不停重复某段念词,而且这段念词很短,他试着跟着刘半仙的口型说话。突然,腊八大笑一声拉着老塔就走,因为他已破译出了刘半仙的念词:风来了,雨来了,雷公敲着鼓来了;你也敲,我也敲,敲得雷公弯着腰;你也砸,我也砸,砸得雷公龇着牙。

　　真有你的,刘半仙,小糊涂,这几句念词分明是天津卫的小孩从小唱起来的童谣!

眼看日近正午,老塔说时间快到了,遂骑着借来的自行车驮着燃烧炉向西山赶去。腊八则赶回客栈取了应用之物回到街上。

过不多时,遥见东北面飘来一片黑云,顿时围在觉慧那边的人群爆发出一阵欢呼,可惜黑云飘过头顶,竟没落下一滴雨水,众人不禁连连叹息。过不多时,东南面也飘来一片黑云,刘半仙那边的人群叫好声响成一片,可惜也没有落下一滴雨水,人群又是一阵叹息。陆陆续续,也有十几丛白的灰的黑的云朵飘过头顶,却始终不见有雨水降下。一僧一道虽未显功,却也不肯放弃,趁着尚未日落继续努力,希望能再飘来几片浓云,降个一两滴雨水也好。

时近黄昏,瞧热闹的干等了一天,却没有等到雨水,乘兴而来败兴而返,好不失落。夹在人群中的腊八未见事前跟老塔商定的信号升起,不由得大街上卖下货——提心吊胆起来。这年月凄惶,人都吃不饱,山里的虎狼饿极了少不得出来行凶,老塔可别遭了什么不测。

突然,一阵黑云从东面飘来,并迅速蔓延,遮住了西山顶上的太阳,整个静海县一下子凉了下来,那僧道眼看有戏,不由更加卖力,念经的提高了音量,舞剑的加大了步幅。同时,一阵黄色烟雾也从半山腰升腾而起,这正是洋龙王定下的祈雨信号。

腊八遥见黄烟升起，心中暗喜，从怀里取出一个小布袋，从袋中抓出一撮大白[1]围着身边撒了一个白圈。腊八蹲在圈里也不说话，只是拿大白在地上画画，先画了个人头，又画上眼、耳、鼻、口，又分别在上面放一枚铜钱。周围的人以为新来了练家子，都凑过来看，不一会儿，就围满了人。这是腊八从江湖人士处学来的圆粘之术，通过奇怪的举止引发别人好奇心，将人们吸引过来。过了一会儿，有人看他还不露本事，刚要走，腊八却突然抬起头大喊一声啊呀，把周围人吓了一跳。紧接着他说道："父老乡亲，今天我来到贵地，一不为财，二不为名，只为解咱一方百姓的苦难。你问我是谁？我呀，是跟着洋龙王来给大家祈雨的腊八。三老四少都知道，咱静海县遭了旱灾，登报请了三尊神仙来给咱降雨，你们看那南北两座法坛上，一僧一道施法已半日有余，却唯独不见那洋龙王现身。并非洋龙王摆谱不见大家，而是他另有要事。你们看那西山腰的黄烟，就是洋龙王在施法。洋龙王还教了小子我一招，我这就给父老乡亲露露，不是咱要人前显贵，鳌里夺尊，显得我小子多有能为，而是要给大家看看科学的伟力！"

　　腊八说着又揭开身边一个麻袋，掏出一物轻轻放在地上。众人一看，嗨，原来是个大窜天猴炮。静海县是产鞭炮的窝子，窜天猴炮不稀罕，但将近一人高的窜天猴炮倒是头一次

---

1. 即熟石灰。

见。有眼尖的认出上面的标号：静海张家。质量肯定错不了！腊八掏出洋火柴，点燃引信，一道火光向上窜起。火光升到半空，推力渐弱，谁知下面一截突然炸开，上半部分的尾部又冒出火花，接力向上飞去。如此三番五次之后，窜天猴炮最终在极高空炸开，黄色烟雾分散云层之中。不大一会儿，豆大的雨滴竟啪嗒啪嗒落了下来，溅起一层尘土。

与此同时，静海县各个方向的天空中不断有窜天猴炮升空入云炸开。这些自然都是老塔嘱托张家老大提前做好的安排。半山腰黄烟升起，窜天猴炮升空，都是为了把催雨剂碘化银播撒到云中。很快，雨滴连成了雨线，雨线织成了雨网。

眼看祈雨成功，觉慧和刘半仙的支持者纷纷宣布都是自家神仙的功劳。目睹了腊八手段的民众自然也要为洋龙王出头。很快，僧、道、洋的支持者吵作一团，甚至还有人大打出手。腊八拿耳朵一摸，原来早有庄家暗中拿祈雨输赢开盘下注。最终，三股人流涌进县府求个官方定论。正在大家吵嚷不止之时，人群突然被强行分开，一人举着银色大伞护送一个日本人走进县府。不一会儿，王县长出来宣布，获胜者为洋龙王。

腊八认出举伞的正是仇人吴令，而日本人则是特务机关青木公馆的机关长斋藤。

尘埃落定，众人散去，老塔迎回，县府内已摆好庆功宴席。其中一桌最为尊贵，上宾为斋藤与老塔，作陪的是吴令、腊八、王县长和当地工商会的会长。

席间,吴令说他们已经跟踪腊八、老塔许久,只道他们借机到静海县与抗日分子接洽,没想到他们竟然真的是前来祈雨,听得腊八冷汗淋漓。

斋藤看上去文质彬彬,与腊八平时所见的其他耀武扬威的日本人大是不同。他跟老塔交流时显得非常苦恼,一再说自己更愿意做个技术官员,可是战争把他推到了现在的位置。斋藤对老塔的人工降雨技术非常好奇,对碘化银的制备、燃烧炉的尺寸一一详细询问,并提出了一些颇有见地的改进意见。最后,斋藤代表官方邀请老塔回去继续研究人工降雨技术,还承诺自己将尽力提供帮助,让老塔的增雨技术尽快走出实验室,为天津卫的老百姓造福。老塔特别感激斋藤的知遇之恩,一口应承下来。

第二天,洋龙王祈雨成功的消息传遍天津卫大街小巷,印着老塔照片的《庸报》被抢购一空。斋藤也信守承诺,单独划拨一栋二层小洋楼给老塔搭建了最先进的气象实验室。老塔终于有了大施拳脚的机会。

刚过了两天,天津卫自东向西依次开始降雨,由滴滴答答到淅淅沥沥再到稀里哗啦。老百姓争相传颂洋龙王的功绩。甚至还有好事者扬言要去砸了海河龙王庙的塑像,再起一个洋龙王的塑像。这些话传到腊八耳朵里,他感觉与有荣焉,心里就像吃了蜜一样舒坦敞亮。

五

有句老话叫过犹不及。久旱逢雨，那叫甘霖，可雨水降得多了就是苦水。那年的雨季长得超乎想象，从五月初一直降到八月底，还没有要歇的意思。天津卫九河下梢有泄不完的洪，两个月里见的河漂子（河道中漂流的尸体）比一辈子还多。老百姓自然又骂起了洋龙王。有的说他有本事请来雨神却没本事送走，还有的说是洋龙王鹊巢鸠占惹恼了海河龙王。这些话传到腊八耳朵里，简直是碗碴子剃头——难受呀。他有心去实验楼找老塔，让他收了神通，但去了两次，看到大门外拿着刺刀枪的日本兵，还是心里打鼓没敢进。

老塔有了实验楼，宅子就留给了腊八。今天阴沟堵了，臭水溢得满院子都是，要不是门槛挡着，都能流进堂屋。费了老鼻子劲把阴沟通开，腊八累得是八十岁学吹打——上气不接下气。收拾完已到掌灯时分，晚饭也懒得做，腊八取出午饭吃剩的两盘素菜，又去厢房里搬出一箱老塔没带走的伏特加，打开一瓶，给自己倒了一杯，一口一口抿着。酒入愁肠愁更愁，不知不觉，腊八醉晕了过去。

半夜，屋顶传来当啷一声轻响。久在江湖，随时警醒是最基本的生存之道。腊八听出这是江湖人士投的问路石，于是悄悄爬起来摸起老塔的猎枪，抱在怀里朝窗外望去。他却没注意到一个人影已经躲到他身后，伸掌朝他颈部斩来。

腊八的功夫虽然撂下了，但多年来养成的警惕性还在，一觉到风声就顺势向前趴倒，同时问道："英雄可是黑门坎（指有功夫在身，专门偷窃富户人家的江湖人士）的朋友？"那人一击不中，微一错愕，并不答话，抬掌又上。对方虽然只露了一手，腊八却已看得分明，忙喊道："师兄，我是腊八。"大旗门掌法由枪法化来，发力和出掌皆有章可循，与别派迥异，十分容易辨认。

来人赶忙停手，摘了蒙面黑巾，真是大师兄焦亮。焦亮入门最早，武艺最高。当年解散大旗武馆的时候，师父第一个撵走的就是焦亮，说他得出去找更好的路。

师兄弟久别重逢，倍感亲切。腊八刚要去厨房张罗俩菜跟大师兄喝两盅，却被焦亮一把拉住："我刚刺杀了一个临阵投敌的叛徒，日本人正在满城搜捕，有没有地方可以暂避？"

远处传来狗叫声，焦亮更急了，环顾四周，并没有地方可以躲藏，正欲转身离开。腊八却一把将他拉住，递过去一瓶伏特加："干了！"

焦亮奔逃了半晌，又饿又乏，没有迟疑，拧开盖子，一口气全灌进了嘴里。伏特加劲大，一瓶下肚，纵是焦亮酒量不赖，肠胃里也不由翻腾起来。酒瓶子一扔，焦亮正要抬腿匿走，岂料腊八又递了一瓶到他手里并示意他接着喝。焦亮眉头一皱，没说什么，又仰脖喝了进去。咕咚、当啷、人倒下，酒瓶却没摔碎。

腊八看焦亮倒下，赶紧除下他的夜行衣，连着蒙面巾放进火炉里烧了，又取来一套碗筷胡乱夹了些剩菜做出刚用过的痕迹。腊八查看一番再没有其他破绽，跑去打开院门门闩，又退回里屋，也拿起一瓶伏特加仰脖就灌，一瓶还没喝完就哇一声喷吐在地，人事不省。

很快，院门被人踢开，拥进来十几名手持匣子枪的侦缉队队员。他们一路追踪刺客来到西郊，突然失了踪迹，只好挨家挨户搜查。到老塔家时，发现大门没关，里里外外搜了一圈，除了地上摊着的两个醉鬼，并没有其他发现，只好顺手牵走几瓶伏特加接着去别人家搜查。

腊八醒来天已大亮，大师兄焦亮已做好早饭等着他。听闻师父惨死在吴令手里，焦亮气得一拳擂散了饭桌，并声称早晚取了吴令狗命。他跟腊八说，自己离开武馆后就加入了抗日队伍，还说自己得到可靠情报，半个月后将有位特使带领观摩团从北平前来天津参观老塔的实验室，可能会对后面的战争局势做出重要决策。届时，斋藤、老塔、吴令都会陪同。他接到命令在现场进行狙击，刺杀老塔和斋藤。但像这样的重要场合，斋藤一般会对至少六百米范围内进行封锁。狙击枪有效瞄准距离只有五百米，为保证命中率，最好能接近到四百米范围之内。他想让腊八帮他想办法潜入到封锁圈内。

至于怎么潜入封锁圈，腊八一时没有主意。但他更想不明白的是，明明该死的吴令也在，为嘛放着师父的仇不报，却要刺杀老塔？老塔只是个一门心思搞科学的好人。

"你知道现在天津为嘛涝成这样？"焦亮问道。

"你咋跟那些嚼舌根子的闲人一样的见识？大街上传的瞎话你都信？对，是老塔，洋龙王，请来了雨神，送不走了，还得罪了海河龙王，就因为这，你就要刺杀他？"腊八没好气地说。

"我当然不信街上那些传言，但天津卫涝成今天这样，老塔难辞其咎。日本人在太行山东侧山腰建了飞机场和炮阵。飞机和炮弹里放的都是那种冒黄烟的东西。飞机追着云彩撒，大炮追着云彩打，不让水汽跨过太行山。水汽过不了太行山，最终变成雨水汇到天津卫入海，能不涝？"

"更不对了，日本人就住在天津卫，他们把天津淹了，有嘛好处？"

"有嘛好处？水汽吹不过太行山，就到不了晋西跟陕甘宁的抗日根据地。那些地方已经将近一年没有落雨星了，地里的庄稼还没长起来就枯死。按说现在正是玉米拔节的时候，可你去看看，田都荒了。水还不够人喝的，哪顾得上庄稼？庄稼没收成，人也活不成！日本人这是小米椒拌砒霜——又毒又辣。

他们是要赶尽杀绝，亡族灭种呀！比'三光政策'还要狠！其中老塔提供技术支持，斋藤亲自进行部署，你说我该不该刺杀他们？"

"这是真的吗？你咋知道的？"

"并不是每个人都甘心当日本人的走狗，斋藤身边就有我们的人。"

腊八决定去实验室当面问老塔。这次他没怂，迎着日本人的刺刀走过去说要找老塔。一个日本兵进去通报，随后出来说老塔不愿见他，让他立刻离开。腊八气得跳脚大骂老塔念完经打和尚——忘恩负义，不得好死。腊八不死心，又找到荆三爷，想让他给打听一下。荆三爷却说不用打听了，他早就摸得很清楚，情况跟焦亮说得没有分别，只是怕腊八听说后难过，便一直瞒着他。腊八听罢气得五脏冒火，七窍生烟，干脆把焦亮准备行刺的事告诉了荆三爷，并问他届时能不能帮忙把焦亮送到接近实验室四百米内。荆三爷思虑再三，最后没有答应，他得为手下上千兄弟着想，还不能直接跟日本人对着干。腊八无头苍蝇一样转悠了半天也没找到合适的方法，最后悻悻回到住处，躺床上生闷气。翻来覆去间，腊八突然瞥见了墙角边的一块黑布，不由计上心来。

好不容易又熬到晚上，大师兄准时来找腊八。腊八说自己找不到路子钻进封锁圈。焦亮急得直嘬牙花子。眼看再抻下去大师兄要急出个孬好，腊八才清了清嗓子说："虽然我不能帮你钻进封锁圈,但我能帮你把瞄准距离提上去。"说着,腊八一把掀开了墙角的黑布。

正日子前一天傍晚,焦亮又来了。他说老塔留下的受激发光器确实好用。他已经练习好了,现在就算是在一千米外实施狙击也是老太太擤鼻涕——手拿把掐,而且据内线消息说,这次斋藤破例只安排了五百米的封锁范围。他已经找好了一个合适的狙击位。

腊八也很高兴,下厨做了几个拿手菜,又烫上一壶好酒,算是给师兄壮行。酒过三巡,菜过五味,腊八突然红着脸问焦亮:"师兄,到时候你能把三个杂碎一锅都端了吗?"

"日本人也不是吃素的,但只要有出手的机会,我就有信心至少击毙一人。"

"如果真的只能击毙一个的话,你会选择谁?"

焦亮沉吟良久说:"国家大义面前,私仇咱先放一放,让吴令多活几天,师父泉下有知也能理解咱们。"

"我觉得也是。然后呢,老塔还是斋藤?"

"他们俩都死有余辜,到时候就看谁更容易击杀吧。"

"如果击杀条件相同呢?能不能答应我先杀老塔?"

"好!"

六

天气闷热,午后又少不了一场暴雨。焦亮埋伏在楼顶,扣在扳机上的右手已经擦了很多次,手心还是一直在冒汗。枪是自己亲手缴获的美制春田狙击步枪,枪管上牢牢绑着受激发光器。枪身不知道已经擦过多少遍,每个零件都跟战友一样又亲又熟,可惜这很可能是最后一次执行任务了。

嘀嘀嘀,有车喇叭响。焦亮取过望远镜,望向实验室方向。是先头部队到了,共五辆满载士兵的军用卡车。从着装看,清一色的日本兵,不见一名伪军,可见斋藤对本次活动的重视。说话间,布控完成,可谓是三步一岗五步一哨。实验楼前早搭好了一个高台,台上有一大片军用帆布,盖着今天将要展示的成果。

片刻之后,又驶来五辆轿车,车门两侧站满了荷枪实弹的警卫人员。车辆停稳,吴令从头车的驾驶室跳出来,撑开一把伞枪,保护着斋藤从副驾驶出来。斋藤出来后又撑开一把伞枪,从后面的一辆轿车中迎出一位身着便装的中年人,想来应是特使。后面的轿车里陆续钻出十来名观摩团成员。看观摩团到来，老塔从实验楼里跑出来迎接，手里居然也举着一柄伞枪。在吴令的保护下，老塔引着斋藤和特使来到高台之上。

目标已经到齐，焦亮轻轻打开狙击枪的保险，拉上枪栓，凝神准备射击，只是三人都遮在伞枪之下，一时倒也不好动手。焦亮决定继续等。然而有人却等不了，斜对面楼上传来一声沉闷的枪声。几乎同时，斋藤手里的伞枪猛地抖动了一下，带着他闪了一个趔趄。斋藤反应很快，身体随着伞枪一转，周身要害已经全部遮住。旁边的老塔就显得笨拙了很多，仓促间伞枪跌落在地。机不可失，焦亮按下受激发光器的按钮，随着嗡嗡声响起，一个红点落在了老塔胸前。就在他要扣动扳机之际，老塔身后一名工作人员突然一个翻滚从地上捡起伞枪，顺势遮住了老塔。时机稍纵即逝，焦亮赶紧关上受激发光器的开关。虽然没看清那名工作人员的脸，但他的身形动作竟像有些熟悉，依稀像是腊八，但他马上否定了自己的想法，因为他知道最恨老塔的恐怕就是腊八了。

吴令指挥手下向着枪声响起的方向扑去。对面的刺客似乎并没有打算逃跑，而是探身从窗口抛出一沓沓花花绿绿的传单。

焦亮长吁一口气，继续蹲伏等待时机。天阴得更黑了，一阵疾风吹过，那些传单被卷到半空飞舞起来。焦亮伸手抓住一张，上面印着："长沙战捷。我薛岳部，经三年血战，歼敌十万，重创日军。倭寇侵掠一日不止，我国抗战一日不停。望敌后人民认清形势，不做汉奸，叛国必杀……"

突然，身后传来一阵窸窣声，焦亮一个激灵，侧身拔出手枪指向了声源——楼顶的天台出口。

"别开枪，大侠，我是腊八的朋友小鲇鱼，自己人。"一个浑身烂泥的小个子举着手钻了出来。

"大侠，可算是找到您啦。"对方匍匐着爬过来，从怀里掏出一个油纸包郑重地递给焦亮，"这是腊八托我交给您的，说是洋龙王写给他的信，让您也看一看。"

焦亮赶紧抽出信，读起来："腊八小友，如果你或你的朋友明天试图行刺斋藤，立即停手，立即停手！这是个圈套。我帮他们改进了伞枪，防弹能力更强，抵得住三百米内的狙击枪射击。斋藤制定了诱敌之计，想把打算刺杀他的抗日人士一网打尽，希望你们没有中他的圈套。"

焦亮这才知道斋藤为何敢于缩小封锁距离引诱刺客现身。

"我知道你恨我，我也恨我自己。是的，日军用来拦截水汽的技术都是出自我手。当初我只是想解救旱灾中的天津百姓，但我最不愿看到的事情还是发生了。我的研究成果最终又变成了杀人技，害死了无数中国人。我知道，这时候我要说自己是被利用的，听起来显得很苍白，我也不能原谅自己。我知道天津的老百姓怎么骂我。我死一万次也不够给死去的人赎罪。

"今年春天，日军遭到中国军队的顽强抵抗，损失惨重，却没有达到战略目的。斋藤经过多次复盘，提出了新的立体作战战略。除了正常的水路空三军作战，还要联合地质部队和气象部队综合作战。地质部队负责截断围困地区的水脉，如果不能截断就放毒污染地下水源，气象部队则负责拦截到达围困地区的高空水汽。就算守军防御工事再坚固，武器弹药再充足，也要靠人来守卫，而人是离不开水的。

"要阻止斋藤的计划，今天是最后的机会。大家都喊我洋龙王，我今天就要用龙王的手段，亲手杀死斋藤。

"腊八，我还是想不通，我想阻止芬俄战争，结果亲手害死了十几万人。我想帮天津人民解除旱灾，却让更多的人陷入了绝境。我现在选择杀戮，不知道结果会怎样。腊八，你要好好活着，帮我看看我是不是又做了件蠢事。帮我看看世道什么时候能好。"

读完之后，焦亮好生后怕，自己刚才差点误杀了老塔。他赶紧问小鲇鱼腊八去哪儿了，他怎么不亲自来？

小鲇鱼朝下面一努嘴，示意正在给老塔举着伞枪的正是腊八。

就在昨晚，师兄走后，腊八横竖睡不着，躺在床上烙饼般翻来覆去，小鲇鱼突然赶来将他带到荆三爷处。荆三爷掴了他三个大嘴巴子，并将他痛骂一顿。腊八不明所以，但也不敢回嘴。荆三爷骂完了才将上面这封信递给他，说是老塔托人带出来的。腊八读罢才知道自己冤枉了老塔。腊八后背一阵发凉，真是王八吃花椒——麻了爪。只能喊着让荆三爷救命，因为老塔列在师兄刺杀名单的首位。他想赶紧通知师兄枪下留人，却不知道师兄的落脚点在哪儿。

姜还是老的辣，荆三爷说虽然不知道焦亮的具体住处，但既然确定焦亮会出现在现场千米之内的某处适合狙击的地方，到时候应该可以找得到。腊八还是不放心，缠着荆三爷想个万全之策。荆三爷瞅着前来送信的刘麻子，突然有了主意。刘麻子是荆三爷安插在侦缉队的人，前段时间被调到了老塔的实验室，身形跟腊八颇为相似，最大的不同自然是满脸的麻子。荆三爷手下有易容高手，不过一时半刻，就用面粉、油脂和一点颜料将腊八搓成一个新的刘麻子。

骚乱很快平息，观摩活动继续进行。斋藤致辞之后，重头戏开场，由老塔演示他的最新研究成果。

老塔首先回顾了自己在天津的生活，感谢天津百姓对他的照顾，并特别感谢了对他有知遇之恩的斋藤。他还提到当初为了缓解旱灾研发催雨装置，但现在天津又遭了百年不遇的涝灾，他知恩图报，感念天津百姓疾苦，特地研发了可以对抗降雨的驱雨弹。说着，老塔向斋藤点了点头，斋藤则从吴令手里接过一支信号枪，朝着天空发射了一枚红色信号弹。不一会儿，四周突然响起了隆隆的炮声，接着一排飞机从空中飞过。

魔法般的奇迹发生在众人眼前——原先布满天空的黑色浓云竟然肉眼可见地变淡变薄，分散成一朵朵灰云。阳光从灰色云块的间隙中投射下来,照到观摩团众人身上。雷鸣般的掌声响起,众人交口称赞。

驱雨弹停止发射,阳光很快消失,云层比原先更厚更低,远处隐约有雷声传来,暴雨随时可能降下。老塔抬手掀开了台上的军用帆布,露出一个木箱。

大家伸长了脖子想看清楚老塔的新玩意儿。老塔跟大家解释说,这个木箱子里装的是一整套引雷装置,里面有他最新发明的大功率受激发光器,可以瞬间电离空气,给雷电制造一个通道,将雷电引到箱子里的储电装置中。

观摩团的热情瞬间被点燃了起来,翘首以盼,等着看洋龙王施展神威。谁知老塔却并没有下一步动作,而是抬头看着天,嘴里不知道在嘀咕着什么。

腊八站在老塔身后,全神贯注盯着老塔。老塔背部肌肉正不受控制地抖动,显然他在努力控制身体。腊八感觉到最后一击很可能要来了。突然,一种奇异的感觉传遍腊八全身,隐约有点麻痒,身上的汗毛根根直竖。老塔也一定捕捉到了这稍纵即逝的异象,抬手按下一个红色按钮,随着一声巨大的轰鸣,一道紫色光柱从木箱中冲天而起,直上云霄。

台下的所有人都震惊于眼前的奇观,没人注意到老塔已经按下了手里伞柄上的开关。随着一声轻响,一道坚韧的金属丝飞出,拦腰将斋藤、吴令和特使缠在了一起。老塔则疯了一样拽着一根长长的电缆向三人冲去。

吴令毕竟身经百战，在金属丝及身的一瞬间就做出了反击，朝着老塔扣动了伞枪扳机。老塔立时扑倒在地。

旁边的腊八一直密切关注着台上的一举一动，虽然不知道老塔这样做的具体目的，但想来他拼死要做的事情一定有他的道理，遂一个箭步冲过去捡起电缆，绕着被金属丝捆到一起的三人转起圈来。三人也不甘受缚，挥动起伞枪击打腊八。混乱中，四人一起摔倒在地。吴令瞅准机会施展小擒拿手一把抓过腊八，分开食指和中指狠狠插向他的双眼。腊八来不及躲避只觉得眼前一黑，一阵剧痛传来，心知双眼不保，但狠劲上来，一仰头将对方手指从自己眼窝里拔出，接着张嘴咬住了对方中指，同时手上动作也没停，将电缆与缠绕三人的金属丝打了个死结。吴令接连下重手击打腊八头部。腊八却咬扯得更紧，一行温热的液体流过他的喉头，腥甜可口。

此时，楼顶的焦亮也紧张到了极点。受激发光器已经打开，红点在翻滚的四人身上来回晃动，因为担心伤到腊八，他始终不敢扣动扳机。

说时迟那时快，阴沉暗黑的天空突然被一道耀眼的闪电撕开，天底下的一切都暴露在明亮之中。那闪电像是受到了某种强大的引力，直奔紫色光柱，在与紫色光柱汇合后居然中途改道，沿着光柱直扑而下。

焦亮猛然领悟到了老塔的计划——用大功率受激发光器引导闪电一次性击杀斋藤三人。眼看闪电就要到达地面，被电缆圈住的三人固然不能幸免,腊八恐怕也难逃一死。电光石火间,焦亮扣下了扳机,吴令右手中指应声而断。

腊八正和吴令拉扯,察觉对方回夺的力气陡然消失,于是趁势一个翻滚脱离了对方的控制范围。

伴随着巨大的爆响,闪电顺着电缆击中了被捆在一起的三人,焦臭味儿迅速弥漫开。腊八只觉得身子一轻,就此失去知觉。

腊八没死,但瞎了。是荆三爷亲自带人从地下挖通了高台的台板,将他及时救走。伤好后,荆三爷破例让腊八改了门,请平津地区最有能为的三位"杰"字辈师父教他说评书。

几年下来,瞎子腊八走遍了大江南北,只为让更多国人知道洋龙王的故事,知道嘛是好人!

RED LETTER DAY
by
Kristine Kathryn Rusch

▽

红信日

[美] 克莉丝汀·凯瑟琳·露什 著 / 于百九 译

克莉丝汀·凯瑟琳·露什，美国著名科幻作家、编辑，《纽约时报》《今日美国》畅销书作家。她是所有已故和在世作家中，唯一以作家和编辑的双重身份获得雨果奖的一位：1994年雨果奖最佳职业编辑奖；2001年雨果奖最佳短中篇小说奖。克莉丝汀的创作涉及科幻、奇幻、悬疑等多个文学类型，以中短篇为主，擅长刻画人物与构造悬念。

Copyright © 2010 by Kristine Kathryn Rusch

毕业彩排安排在学期最后一周的星期一下午。巴拉克·奥巴马高级中学即将毕业的学生此时聚集在体育馆内，领取分装好的包裹，里面有毕业袍（老早之前就订好了）、毕业帽以及蓝白色的流苏。大家最关心的是流苏——每个人都想知道，该把它系在哪一边，又该拨到哪一边。

未来的各种可能性将在不到一周后揭开。

不过，某些可能性会受到限制，因为今天同样也是红信日。

我站在讲台靠近台阶的地方，离出口不算远。我穿上了自己最好的商务休闲裙，搭配一件没那么喜欢的宽松衬衫。很多年以前，我就学会了要穿自己不喜欢的衣服，尤其在这个特殊的日子里，一整天都会有特别多的孩子趴在我身上大哭，蹭得衬衫上到处是口水、化妆品和须后水。

我的心怦怦直跳。我是个苗条的女人，虽然有人说我很有威严，但教练就得有威严。我执教各年级的篮球队，但不教体育课，因为管事的人认为我更适合当辅导员，而不是体育老师。在我来巴拉克·奥巴马高中的第一个红信日，他们就决定这么安排了，那是二十多年前的事了。

我是这所学校的成年人当中，唯一一个真正明白红信日能有多残酷的。在我看来，红信日本身就足够残酷了，而这一天要在学校里度过,就更加剧了这种残酷性。

红信日本应设为假期,这样孩子们就能在家里和父母一起等待信件的到来。

又或者,信件根本不会到来,这种情况也是有可能的。

问题就在于,我们没办法为红信日做好充分的准备,隐私法严禁我们提前读到信。

严格的时间旅行规则亦是如此。每个人只能通过一位信使建立一次联系——只有一次。信使会在彩排前不久到来,把信封藏在排练的活页夹里,然后再次消失。信使携带着来自未来的真实信件。信件本身用的是传统的纸质信,就是一百五十年前人们会写的那种,但现在已经很少有人写了。只有真实的信件,在规定纸张上手写而成的,才能顺利通关。因为是真实的信件,所以可以通过对签名、纸张、信封的一系列验证。

显然,即便是在未来,也没有人愿意出错。

活页夹上写满了名字,这样信件就不会送错。而信件中的内容,则会被故意写得模棱两可。

我的任务并不是关照那些收到信的孩子。这事儿另有人负责,他们都是些职业骗子——至少在我看来是这样。只要给一小笔钱,他们就会帮忙检查信件的笔迹和签名,还会设法搞清楚字里行间那些故意含糊掉的地方,猜测写信者的社会经济地位、健康状况或者心情。

在我眼中,这种事情让红信日看起来就像是一场骗局。但各所学校还是会听之任之,因为辅导员们,包括我在内,都忙着照顾那些没收到信的孩子。

我们无法预测谁的信不会到来。要等到某个孩子半路上打开活页夹,抬起头,然后露出一副彻底吃惊的表情,我们才会知道。

里边要么有一个红色的信封,要么什么都没有。

而我们根本没有时间去检查每个活页夹的情况。

我的红信日发生在三十二年前,就在俄亥俄州谢克海茨仁慈玛丽修女高级中学的礼拜堂里。仁慈玛丽修女高级中学是一所小型的男女同校天主教学校,现在已经关闭了,但在当年非常有影响力。根据一些民意调查,它是俄亥俄州最好的私立学校——唯一略有争议的点在于,该校会将其保守的政治思想灌输给学生。

但我从来没有被灌输什么思想。我篮球打得特别好,甚至已经拿到了来自加利福尼亚大学洛杉矶分校、内华达大学拉斯维加斯分校和俄亥俄州立大学(这可是七叶树队的主场!)的三份全额奖学金入学邀约。有个职业球探还向我许诺,只要我高中毕业后直接升入职业比赛,就可以成为第五轮选秀的候选新秀,但我还是想上学。

"你可以之后再上学。"他告诉我,"等你赚了钱、出了名,随便哪所好学校都会让你入学的。"

虽然他这么说，但我没有轻信。我研究过那些高中毕业就进入职业大联盟的运动员。他们经常受伤，然后失去合同和金钱，永远也不能再比赛了。到那时，他们要真想上大学，就不得不干些垃圾活儿以支付上大学的费用；而实际上，他们中的绝大多数从没上过大学。

至于那些在职业协会生存下来的球员，他们的大部分收入都被球队经理、经纪人和其他钻营拍马的人拿走了。我知道自己认知的边界在哪里，知道自己是个无知的孩子，但有一手很好的控球能力。我知道自己很容易相信别人，很天真，没念过什么书。我也知道，三十五岁后的人生还很长，到了这个年纪，即便是最有天赋的女运动员，也会失去原有的优势。

我曾反复思考自己的未来，好奇三十五岁以后的生活。我知道，未来的我会在满五十岁后给自己写信。我相信，未来的我会告诉自己该走哪条路，该做什么决定。

我曾以为，一切疑问都将归结为：是上大学还是当职业球员。

但那时的我并不知道，还会有——还可能有——其他的可能。

你瞧，不论任何人，只要愿意，就可以给从前的自己写一封信。这封信会恰好寄到高中毕业前的自己手上。而在这个时间点，绝大多数青少年都成了（理论上的）成年人，但仍处于学校的保护之下。

人们建议这封信应从激励自己的角度来写,或者是警告从前的自己避开某一个人、某一件事或者某一个选择。

但就写一个。

根据数据统计,大多数人不会去写什么警告。他们喜欢自己正在过的生活。就算有些人主动写了,人生也并不会有多少改变。

只有那些犯下过悲剧性错误的人——比如在醉酒的夜晚导致了一场灾难性事故,或因做出错误的决定而害得最好的朋友去世,又或是因一次糟糕的艳遇而招致终生悲痛的人——才会写下一封详尽明晰的信。

而这样一封措辞明确的信会开启平行宇宙。人生会突然转到各种不同的道路上去。寄来信件的成年人希望从前的自己能接受建议。如果从前的自己听从了建议,那么这个孩子所收到的信就来自他永远都不会成为的那个大人。如果这个孩子足够机灵,长大后就会成为另一个人,一个以某种方式避开了那个醉酒夜晚的人。而这个新的成年人会给从前的自己写下不同的信,发出不同的警告,或是用枯燥晦涩的文辞描述某个绚烂的未来。

关于这一点,已经有过各种各样的科学研究了。人们对于开启平行宇宙的后果争论不休,列出了各色的指令和规矩。

而所有这一切都指向了那个时刻——那个许多年前,我在仁慈玛丽修女高级中学的礼拜堂里所经历的令人心搏骤停的瞬间。

当时,我们并没在排练毕业典礼,这与巴拉克·奥巴马高中孩子们的经历不同。我不记得我们的彩排具体是在什么时候了,不过那周的后面几天确实彩排过一次。

在仁慈玛丽修女高中,我们会在祈祷中度过红信日。平常,所有学生每天的校园生活都是从做弥撒开始,而在红信日,毕业班的学生则还得留下来参加一场特殊的仪式,祈求上帝宽恕和规训仁慈玛丽修女因法律的要求不得已而做出的违背自然法则之事。

仁慈玛丽修女高中憎恶红信日。事实上,作为天主教会学校,仁慈玛丽修女高中是全然反对时间旅行的。早在黑暗时代(也就是在我出生前的几十年),天主教会就宣布时间旅行是可憎的,背离了上帝的意愿。

你多半听说过这样的言论:虔诚的教徒宣称,如果上帝希望我们穿越时间,他就会赐予我们时间旅行的能力。科学家则表示,如果上帝希望我们穿越时间,他就会赐予我们理解时间旅行的能力——噢!看呀!他的确这么做了。

即便是今天,大家的争论也都在这个基础上演变。

不过,对于那些有钱有势、人脉亨通的人来说,时间旅行已经成了生活中的现实。我猜想,比起我们其他这些人,开启平行宇宙给他们造成的恐惧感会弱很多。那些有钱人可能真的不在乎——正如二十世纪著名(却少有人读过他的书)的美国作家F. 斯科特·菲茨杰拉德所说："他们与你我不同。"[1]

而我们其他这些人——彼此间并没有什么不同的芸芸众生——在将近一个世纪以前就意识到,允许所有人进行时间旅行是件颇有风险的事,但这里是美国,我们不能剥夺人们进行时间旅行的机会。

最终,让每个人都能时间旅行就成了大众的呼声。自由派希望政府能为此提供资金,而保守派则认为只有那些负担得起费用的人,才有资格进行时间旅行。

后来,发生了一些不太光彩的事情,虽然这些事不至于从历史书里抹去,但也不会在学校里教授(至少我上过的学校都没教过)。于是,联邦政府提出了一个折中的方案:

每个人都将获得一次免费时间旅行的机会——并不是可以真的回到过去,围观耶稣受难或是亲历葛底斯堡战役,而是让人们回到自己从前的某个时间点。

然而,考虑到时间线的大规模变动极有可能发生,于是人们只得对时间旅行进行严格管控。但话又说回来,任何规定都无法阻止有人回到1776年7月的自由厅,向开国元勋透露他们所造就的一切。

于是,折中的范围变得越来越窄(言外之意就是说,把时间旅行这种强大的能力交给普罗大众恐怕并不靠谱),最终就

---

[1]. 这句话出自菲茨杰拉德的短篇小说《阔少爷》。

有了红信日以及相应规则和制度。它让你有能力接触自己的生活，但又不会真正离开自己的生活。你能回到自己的过去，消除自己的疑虑，或是纠正一些错误。

对于天主教徒、南方浸礼会教友、自由派以及"滞于时间联盟"（我最喜欢他们了，因为他们似乎从不明白自己的组织名有多么讽刺）来说，这种妥协仍然是违背自然法则的。在红信日合法化之后的数年时间里，诸如仁慈玛丽修女高级中学这样的机构一直在尽可能地避开这些规定。他们抗议、起诉，然后被起诉。

终于，一切尘埃落定，他们终究还是得遵守法律。

但他们不用强迫自己喜欢这样的安排。

于是，他们开始折磨我们这些学生——我们这些可怜的、满怀希望的毕业班学生。我们等待着自己的未来，等待着信件，等待着命运。

我记得那些祷告词，记得我们跪了好几个钟头。那个晚春时节空气潮湿，温度不断攀升，而礼拜堂（一栋历史建筑）里不允许安装空调这种违背自然法则的东西。

玛莎·苏·格罗宁晕倒了，随后是校队的明星四分卫沃伦·艾弗森。在那天上午的大部分时间里，我都把额头抵在前面的长椅上，胃里翻腾不止。

我的整个人生啊，一直在等待这一刻。

然后，这一刻终于到来了。我们按姓氏首字母排队，于是我像平常一样排在队伍中间。我讨厌在中间。我长得高,不爱社交,动作笨拙(除了在篮球场上),也还没充分发育——这在高中很重要。而且,我那时候还谈不上威严,威严是后来的事了。

我只是个并不威严、有些笨拙的高个子女孩,走在比我矮一截的男孩后面,试图让自己别那么显眼。

我走到过道上,看着朋友们走到圣餐台前的台阶下面。上台领受圣餐的时候,我们就会跪在那些台阶上。

布鲁萨德神父负责分发活页夹。他个子很高,但没我高。他有发福的趋势,大部分肥肉都长在了腰上。神父只捏着活页夹的一角,仿佛那些活页夹本身都遭到了诅咒。当我们伸手去够自己的未来时,他对每个人都说了祝福语。

我们本来不应该说话,但有些男生会小声嘀咕一句"妙!"之类的,还有些女生会把她们的活页夹紧紧抱在胸前,就像是收到了情书一样。

我拿到了自己的,手指紧紧地抓着,感觉着冰凉的塑料。我没有打开,尤其不打算在台阶这儿就打开,因为我知道那些还没有拿到自己活页夹的同学会盯着我看。

于是我一路走出门,踏进门廊,倚在墙上。

然后,我打开了活页夹。

什么都没有。

我的呼吸停止了。

我朝礼拜堂望回去。剩下的同学们还在排队领自己的活页夹。地毯上并没有掉落什么红色的信封,也没有谁的活页夹被扔到了一边。

什么都没有。我拉住了三个同学,问他们有没有看见我落了什么东西,或者有没有捡到我的信。

这时候,玛丽·凯瑟琳修女抓住了我的胳膊,把我从台阶上拽走。她的手指掐在我胳膊肘的神经上,一股剧烈的疼痛感向下传到我的手上。

"你不能打扰别人。"她说。

"可是,我的信肯定是被我弄丢了。"

她看着我,松开了我的胳膊,胖乎乎的脸上露出一抹满意的神情。然后她拍了拍我的脸颊。

令人意想不到的是,那一拍很轻柔。

"那你有福了。"她说。

我不觉得自己有福。我正要说这句话的时候,她示意布鲁萨德神父过来。

"她没有收到信。"玛丽·凯瑟琳修女说。

"上帝朝你微笑了,我的孩子。"他亲切地说道。布鲁萨德神父之前从来没有注意过我,但这一次,他把手放在了我的肩膀上。"跟我来一下,我们讨论讨论你的未来。"

我任由他领着,走进他的办公室。当时没有课的那些修女都聚集到了他的身边。他们跟我说了很多,说上帝希望我做出自己的选择,又说上帝把我的未来还给了我,以这种方式赐福于我,还说在上帝眼中我是没有罪的。

我一直在颤抖。我的整个人生都在盼望着这一天——至少,在我记忆中是如此——然后,就是这样了。什么都没有。没有未来。没有答案。

什么都没有。

我想哭,但又不想当着布鲁萨德神父的面哭。他已经毫无间断地把话题转到我被赐福的意义上了,这意味着我可以在教会中任职。凡是没收到信的人,都可以免费进入各种天主教学院和大学就读,其中不乏名校。如果我想成为修女,他也很确定教会会接纳我。

"神父,我想打篮球。"我说。

他点点头。"这些学校里边,无论哪一所都会让你打篮球的。"

"职业篮球。"我说。

然后,他就那么看着我,仿佛我是撒旦的后代。

"但是,我的孩子,"他的语气不像之前那么讲情理了,"你已经得到了上帝的神示。他认为你是有福的,希望你侍奉他。"

"我不这么觉得,"我强压着泪水说,"我觉得你错了。"

然后,我断然离开了他的办公室,走出了校园。

但母亲逼我回去上完最后四天课。她逼我一定要毕业,还告诉我,如果不照做,以后肯定会后悔的。

这事我记得特别清楚。

但这个夏天余下的时间就模糊不清了。我为自己已知的未来感到悲伤,担心自己会做出错误的选择,甚至还真的考虑过去天主教学校。母亲催个不停,让我在选秀之前做好选择。而我照做了。

内华达大学拉斯维加斯分校,这是我所能选择的离天主教会最远的大学。

我拿到了全额奖学金,然后在第一场比赛就毁掉了膝盖。"这是上帝的惩罚。"当我回家过感恩节的时候,布鲁萨德神父这么说。

而上帝宽恕了我。其实我那时候信了神父的话。

但我并没有转学,也没有变成约伯[1]。我没有反抗上帝,也没有诅咒上帝。我只是抛弃了他,因为在我看来,他先抛弃了我。

三十二年后,我看着孩子们的脸,有的涨红了,有的看上去很恐惧,有的突然大哭起来。

但还有的孩子只是一脸茫然,似乎遭受了巨大的冲击。

---

1. 据《圣经·约伯记》记载,约伯是亚伯拉罕诸教(包括犹太教、基督教和伊斯兰教)中的一位先知。他在失去了财富、子女和健康之后,仍然忠于上帝,最后重新获得上帝赐福。

这些学生就是我要关照的。

我让他们站在我身旁,甚至不用先问一句他们的活页夹里有什么。我至今都没有搞错过,即便是去年也没出错——当时,我没有把任何学生拉到一边。

去年,每个人都收到了信。每隔五年左右就会有这么一次。全体学生都收到了红信,我也就什么工作都不用做。

今年,我有三个学生。这不是最多的。最多的那一年是三十个,没过五年,人数暴增的原因就清楚明了了。在一个从来都没人听说过的愚蠢的小国家,爆发了一场愚蠢的小型战争。在往后这十年时间里,我的学生当中死了二十九个。二十九个。

第三十个学生跟我一样,未来的她没有给自己写信,个中缘由她毫无头绪。

每到红信日,我都会想为什么会发生这种事。

我是那种会写信的人,一直都是。我认为沟通很重要,即便是含糊其词的沟通。我知道打开活页夹后,看到那封鲜红的信封有多么重要。

我永远都不会抛弃过去的自己。

我已经拟好了信的草稿。两周后——在我五十岁生日那天——某位政府官员就会出现在我家门口,预约安排我写信时的监督人员。

我必须同意接受监视,才能触碰信纸、红信封和那根专门的笔。等我写完信,那位工作人员就会把信折好,塞进信封里,然后指定寄往三十二年前的俄亥俄州谢克海茨仁慈玛丽修女高级中学。

我已经打算好了。我知道自己要写什么。

但我仍然没想明白,为什么最终没有对以前的自己说这些话。到底哪里出了问题?是什么阻止了我?我是否已经身处平行宇宙,只是自己不知道?

当然了,我永远都没办法搞清楚。

但我把这些思绪搁置到了一边。我没有收到信并不能说明什么。这并不意味着我真就蒙受了上帝的赐福,也不意味着我活不到五十岁。

这是一种诡计,一套法律上的把戏,就为了让我这样的人不能穿越回历史上的辉煌瞬间,不能亲历自己在过去人生中的高光时刻。

我继续观察孩子们的脸,一路看到队伍的尽头。但我发现的不超过三个,只有两个男生和一个女生。

卡拉·内尔森。她身材高挑,是个深受大家喜爱的金发女孩。她喜欢越野运动,不爱打篮球,任凭我怎么央求也不愿加入篮球队。我们队需要高个子,也需要运动能力突出的。

她两者都具备,但她告诉我,她不善于团队合作。她想跑步,一个人跑步。她讨厌依赖其他人。

这一点我不怪她。

但她轮廓分明的脸上透着悲痛,看得出她很依赖未来的自己。她曾经相信自己不会让自己失望。

永远不会。

这些年来,我见识过其他辅导员的陈词滥调,比如"我敢肯定,这没什么。也许未来的你觉得此刻的你已经在正确的轨道上了。我敢肯定,你没问题的"。

我第一次旁观这些高中生经历红信日仪式的时候,心里很难受。我从来没有说过一个字,对我而言,这可能是个明智的决定,因为在我自己的脑海里,我会默默地把同事的陈词滥调曲解得负面又可怕:

出事了。我们都知道,出事了。未来的你憎恨自己,或者有可能,甚至极有可能,你已经死了。

这些年来,我根据自己的生活,构想过所有这些可能。我经历过一段波折不断的大学生涯,获得了一本学位证书,经历了一场婚姻,有了两个孩子,离了一次婚,刚抱上孙子。我猜想过各种不同的可能。

年轻的我曾经满怀希望地以为,我会在三十五岁时从职业篮坛退役;但实际情况是,当时我结束了自己的体育教师生涯,改行当起了全职辅导员,偶尔也当教练。

我告诉过自己,我不介意。

我甚至想过,如果有机会进入职业大联盟打球,我会在信里写些什么。坚持到底?这似乎是那些红色信封里最常见的内

容。也许信的篇幅要长一些,但总可以归结为这四个字:

坚持到底。

但我讨厌"到底"。我想知道:我会在职业大联盟的比赛里伤掉膝盖吗?我会进入大联盟吗?我会不会接受某种昂贵的纳米手术,以此延续自己的职业生涯?又或者,我会不会被解约淘汰,比现在过得还惨?

梦想很难捉摸。

捉摸不透,脆弱,容易被摧毁。

现在,我面对着三个梦碎的孩子,他们就站在我身边,站在讲台的边上。

"来我办公室。"我对他们三个说。

他们仍旧处于不知所措的状态,乖乖听了我的话。

我试着回想自己记忆里关于那两个男生的信息。埃斯特班·雷利尔和杰杰·费尼曼。杰杰代表……杰森·杰各布。我之所以记得,只是因为这俩名字都太土了,而杰杰则是典型的现代时髦称呼。

如果让你抛开红信和机遇,而是基于性格和魅力来判断哪个学生会获得成功,你肯定会选择杰杰。

要是选择埃斯特班,可得注意了,他必须努力学习才行。

如果你非要在班上挑出一个不会给自己写信的人,你会挑卡拉。她太不合群了,太难交流,太难相处。此时跟我一起回办公室的有她,我本不应该感到惊讶的。

但我确实很惊讶。

真正收不到信的,永远都不是你猜测的那些人。

反而永远都是你相信能收到信的那些人,永远都是你对他们寄予希望的那些人。

但不管怎样,现在我的工作就是让这些希望持续下去。

我对这一时刻早有准备。我并不喜欢互动技术——那些在眼前滚动的字幕,用手掌扫描获取信息——但我在红信日使用它的次数,比一年里其他任何时候都要多。

在我们沿着宽阔的走廊走向行政办公室的路上,我就通过互动技术了解了学校所掌握的这三名学生的所有情况。说实话,这些信息不算多,包括从小学开始的心理评估,包括各种版本的智商测试、住址、家长的收入和工作、课外活动经历、成绩、违纪历史(如有记录)、课后留校情况、表彰情况、获奖情况。

我对杰杰的了解本来就很多。他是返校舞会的舞王,是四分卫;本可以当班长,但他拒绝了。他长相极其英俊,甚至有人因为爱慕而跟踪他——那是个名叫莉丝贝特·肖林的女生,我不得不训导了她两次,后来还把她送到专门的心理部门进行评估。

我必须注意一下埃斯特班。他的成绩在平均水平以上,但这仅限于他感兴趣的科目。在旧版和新版的智商测试中,他的分数都很高。他有着未被发掘出来的潜力，而且从来都没有经受过真正的考验。部分原因在于，他似乎不是块学习的料。

而卡拉依旧是个谜。她的智商比那两个男生都高，成绩却更差。没有课后留校记录，没受过任何表彰，也没获得任何学业奖项，只有越野赛的成绩优异——连续三年全州优胜。这其实意味着她很有机会被大学录取，只要能把学习成绩提上去，但她一直没有。她的家长信息栏空白，住址是在一处中产阶级社区里，就在市中心。

在三分钟的步行路程里，我都没能搞清楚她的状况，尽管已经很努力地尝试了。

我领着他们走进办公室。房间很宽敞，很舒适，有宽大的办公桌、装有软垫的椅子、生机勃勃的植物，还能看见跑道——这可能不太适合现在的情况，至少对于卡拉来说是如此。

我有现成的话术要说。我尽力让这番话听起来不像是预先准备好的。

"你们的活页夹是空的，对吧？"我说。

我没预料到卡拉的下嘴唇竟然颤抖了一下。我本以为她会坚持着熬过去，没想到她的眼泪都快要流下来了。埃斯特班则红着鼻子，低下了头。卡拉的悲伤也令他难以自持。

杰杰倚在墙上，双臂交叉着。他英俊的面庞就像张面具。我这才意识到，我在他脸上看到过很多次这种表情。不完全是茫然——其实带着一丝愉快——但很冷漠,很疏离。他一只脚撑在墙上,这会留下脚印,但我没有制止他,就这么任凭他靠着。

"我在红信日,"我说,"也没有收到信。"

他们惊讶地看着我。大人本不该跟孩子谈论他们收到的信,或是没收到信这件事。即便我可以讨论,也并不愿意谈。

这么多年来,我已经明白,此刻就是最关键的时刻。在这一刻,他们会意识到:没有信也能生存下来。

"你知道为什么吗?"卡拉问。她的声音有些粗哑。

我摇了摇头。"相信我,我也想知道。我在脑海里设想过各种场景——或许我还没到写信的时候就死了呢——"

"但你已经过了那个年纪,对吧?"杰杰带着些许愤怒的语气问道,"你这次写了信,对吧?"

"两周后我才有资格写信。"我说,"我打算好了要写。"

他的脸颊红了,这是我第一次看到他外表下面的脆弱。他跟卡拉和埃斯特班一样伤心欲绝,甚至可能比他俩还悲痛。同我一样,杰杰相信自己会收到那封他应得的信,信里会向他描述他那精彩、成功、无比富裕的人生。

"所以说,你还是有可能在写信之前死掉。"他说。这一次,我确信他说这话是为了伤害我。

的确伤害到了。但我没有让这股情绪流露在脸上。"确实。"我说,"可我已经在没收到信的情况下活了三十二年。这三十二年,我都对自己的未来毫无头绪,就像时间旅行或红信日出现之前的人们那样生活。"

现在,我抓住了他们的注意力。

"我想,我们是幸运儿。"我说。因为我已经让他们明白我们是一类人,所以我的话不会听起来居高临下。这些话术我已经说了将近二十年,之前的学生告诉我,这部分发言是最为重要的。

卡拉的目光和我相遇,那是悲伤、惊吓又带着希望的眼神。埃斯特班一直低垂着脑袋。杰杰的眼睛眯了起来。我能感受到他此刻的愤怒,好像他收不到信这事儿都得怪我。

"幸运?"他反问的语气,跟刚才提醒我还是有可能死掉的语气一模一样。

"是幸运的,"我说,"我们不会被锁定在单一的未来里。"

这时候,埃斯特班抬起头来,额头拧出了一道皱纹。

"在外面那座体育馆里,"我说,"有些学生收到的信件内容让人很难接受,他们正在接受辅导员的劝导。而这些让人难以接受的信件有两类,第一类就是警告你不要在某个日期做某件事,否则你就将永远毁掉自己的人生。"

"真有人会收到这种信?"埃斯特班问道。他很激动。

"每年都有。"我说。

"另一类让人难以接受的信是哪种呢?"卡拉的声音在颤抖。她说话很轻柔,我得竖起耳朵使劲听才行。

"这类信的内容是:你能做得比我更好。但是信上不会——也的确不能——详细解释哪一步走错了。按照限制规定,我们只能说明一件事,假如出错的是一连串的糟糕选择,那我们就没办法解释清楚了,只能寄希望于过去的自己——换句话说,也就是你们——能在看了这条警告之后,做出正确的选择。"

杰杰也皱起了眉头。"什么意思?"

"想象一下,"我说,"你确实收到了信,而这封信告诉你,你所有的梦想都不会成真。信中只会告诉你,你必须接受即将到来的一切,因为你无法改变它们。"

"我才不会信。"他说。

我同意:他不会信。一开始不会。但是,那些不安分的小小疑虑会钻入他的内心,并从那一刻起,影响他所做的每一件事。

"真的吗?"我说,"企图毁掉现在的自己而对自己撒谎,你是这种人吗?努力去毁掉你所拥有的每一丝希望?"

他的脸更红了。他当然不是那种人。他可能会对自己撒谎——我们所有人都可能会——但他只会撒谎说自己有多么伟大,自己是多么完美无瑕。莉丝贝特刚开始尾随他的时候,我就把他叫到办公室,让他别去理她。

"你理睬她,就会鼓励她继续。"我这样告诉他。

"我不这么觉得,"他当时说,"她知道我对她没兴趣。"

他知道自己对她没兴趣。而可怜的莉丝贝特却完全不知道。

我现在就能看到她在门外,在走廊上徘徊。她在等他,想知道他的信上写了什么。莉丝贝特一只手里拿着自己的红色信封,另一只手插在阔身连衣裙的口袋里。她看上去比平时漂亮,似乎为了今天特意打扮了一番,也许是为了那场不得不参加的派对。

每一年都会有某个傻瓜来策划一场红信日派对,尽管学校,甚至社会上,都建议不要这么做。每一年,收到的信件内容比较积极的孩子们都会参加。另外的孩子则会找借口不去,或者只出现一小会儿,而且谈到自己信件的内容时还会撒谎。

莉丝贝特多半是想要知道,杰杰是否会去派对。

我不知道他会对她说些什么。

"如果真相太伤人的话,可能你就不愿寄信了。"埃斯特班说。

于是,怀疑和恐惧就这么开始滋生。

"也有可能。"我说,"假如你的成功超越了自己最疯狂的想象,为什么要让自己一直在期待中煎熬呢?你所做的每一件事,都有可能束缚你,有可能让你怀疑自己是否会把一切搞砸。"

他们再一次齐刷刷地看着我。

"相信我,"我说,"我设想过每一种可能性,全都不对。"

这时候，办公室的门开了。我在心里默默骂了一句。我希望他们能把注意力集中在我刚刚说的话上，而不是分心关注有谁闯进来了。

我转过身去。

莉丝贝特已经进来了。她看上去很紧张，不过她在杰杰身边的时候总是很紧张。

"我想跟你聊聊，杰杰。"她的声音在发抖。

"现在不行。"他说，"过一会儿吧。"

"就现在。"她说。我从没听过她用这种语气说话，听起来强大又可怕。

"莉丝贝特。"杰杰开口，很明显，他已经很累、很崩溃了。他已经受够了这一天，受够了这场活动、这个女孩、这所学校——他生来不是为了应付这些自己视作失败的事。"我很忙。"

"你不会娶我。"她说。

"当然不会。"他厉声说——直到这时，我终于明白了一切：明白了为什么我们四个都没有收到信，明白了为什么我离五十岁生日只剩下两个星期，而且满心乐意地想给过去那个可怜的自己捎上几句话，过去的我却还是没能收到信。

莉丝贝特一手拿着她的信封，另一只手握着一支小型塑料自动手枪。这是一把非法枪支，按理说，任何人都无法得到——学生不能，成年人也不能。谁都不能。

"趴下！"我一边大喊，一边冲向莉丝贝特。

但她已经开了枪，目标不是我，而是还没有趴下的杰杰。

埃斯特班已经主动趴在了地上，而卡拉——卡拉在我身后半步远，也冲了上去。

我们一起擒抱住莉丝贝特，我抢下了手枪。卡拉和我继续按着她。此时，人们从四面八方跑了过来，有些是大人，有些是手里拿着信的孩子。

所有人都聚集了过来。我们没有手铐，不过有人找到了绳子。还有人联系了突发事件应对中心，用的是突发事件专用线路。我们都知道这条线路，早该使用这条线路。我本该提前用到，也很有可能在我另一段人生、另一个宇宙里已经使用过了，那也是一个我没有写信的宇宙。我很有可能联系了突发事件应对中心，对莉丝贝特说了一些安抚的话，而她很有可能射中了我们全部四人，而不单单是可怜的杰杰。

杰杰躺在地板上一动不动，鲜血缓缓地汇集在他周围。橄榄球队教练正在试着给他止血，还有个我不认识的人也在帮忙，但我什么都做不了，在那一刻无所适从，只能在他们施救时等待突发事件应对人员。

安保把莉丝贝特绑了起来，将那把枪放在了桌子上。我们全都盯着枪看。英语教师安妮·桑德森对保安说："你应该检查每一个人，尤其是今天。这就是我们雇用你的原因。"

校长疲惫地提醒了她，她才闭上嘴。因为我们知道，有时候红信日确实会发生这样的事,所以这项活动才会在学校里举行,为的就是避免发生灭门惨案,避免某些人最好的朋友和雇主被枪杀。至于学校,大家都说,学校能够控制武器和暴力,但其实根本控制不了。有些人、有些地方,会将此列为废止红信日的理由,但那些收到了利好消息的学生,那些在信里被预警避开某个醉酒惨案的学生,他们会反对针对红信日的任何改变。甚至包括专家、政客、家长在内的许多人都会说,这挺好的。

除了杰杰的家长,他们根本不知道自己的儿子没有未来。他是在什么时候失去未来的?他遇见莉丝贝特那天?还是我告诉他那女孩有多疯狂,但他没听我话那天?又或是,刚才他没有扑倒在地板上的那个瞬间?

我永远都不会知道了。

但我做了一件平常绝不会做的事。我抓起了莉丝贝特的信封,打开了它。

手写的字体很细长,字迹潦潦草草。

放弃吧。杰杰不爱你。他永远都不会爱你。直接离开他,假装他不存在。过上一段比我更好的人生吧。把枪丢掉。

把枪丢掉。

她以前就这么做过，跟我想的一样。

于是，我开始想：这次的信有什么不同吗？如果的确有所不同，那么不同之处在哪里？把枪丢掉。这句话是新加的，还是以前就有？她以前是不是也忽视了这句话？

我的脑仁疼了起来。我的头疼了起来。

我的心也疼了起来。

那个刹那前，我还在生杰杰的气，而现在他已经死了。

他死了，我没死。

卡拉也没死。

还有埃斯特班，也没死。

我碰了碰他俩，示意他们靠过来。卡拉看起来要平静些了，埃斯特班却一脸茫然，或者应该说是震惊。血迹喷洒在了他的左脸和左半边的衬衣上。

我给他们看了信，尽管我不应该这么做。

"或许，这就是我们都没收到信的原因。"我说，"或许，今天和从前的今天不一样。毕竟我们活了下来。"

我不知道他们是否理解了，也不确定我是否在乎他们是否理解了。

我甚至不确定，自己是否理解了。

我坐在自己的办公室里，看着突发事件应对人员不断冲进来。他们宣告了杰杰的死亡，带走了莉丝贝特，留我们在旁边等待询问。我把莉丝贝特的红色信封交给了其中的一位警官，但我没告诉他我们看过。

我有种直觉,他知道我们看过了。

这些事在我眼前一一掠过,我想,即便自己活过了接下来的两周,满了五十岁,这也很可能是我在巴拉克·奥巴马高中的最后一个红信日了。

当我坐在自己的办公桌上,等待着陈述情况时,我意识到自己在思考到底是不是真的要写下给自己的红信。

我能说些什么让自己听进去呢?言语太容易被误解,或者说误读。

我怀疑莉丝贝特只读到了前几行字。她还没读到"离开他"和"把枪丢掉",大脑就已经不再正常运转了。

可能在第一次的时候,她不是这么写的。也可能她一直在绝望地这么写着,处在一个不断的循环当中,一生一生又一生。

我不知道。

我永远不会知道。

我们都不会知道。

这就是红信日堪称笑话的原因。是这封信,让我们在虽然艰辛却正确的人生之路上坚持下去的吗?还是说,没有这封信,我们反倒能有什么优势?

我要不要写封信警告自己,在见到莉丝贝特的时候一定要确保她能得到帮助?还是说,告诉自己无论如何都要去参加选秀？但这样做就能阻止今天下午发生的事情吗？

我不知道。

我永远不会知道。

可能布鲁萨德神父是对的。可能上帝本就希望我们对未来一无所知。可能他希望我们在不知道将来会发生什么事情的情况下，按部就班地往前过日子。这样我们就能跟着自己的感觉走，做出最初的、最好的，也是唯一的选择。

可能吧。

也可能，这些信件根本就毫无意义。可能我们对于某一天，或某张自己在未来写下的纸条的所有关注，就跟今年七月四号的国庆典礼一样毫无意义。这一天跟其他日子本来就没有区别，只不过是我们在这一天举行了一场仪式，然后声称这是个重要的日子。

我不知道。

我永远不会知道。

即便能多活两个星期，或者多活两年，我也不会知道。

不管是哪种情况，杰杰都会死，而莉丝贝特会活下去。而我的未来，无论那是怎样的未来，都将是个谜，就像它一直以来的那样。

它就应该是个谜。

它永远都会是个谜。

LUCK OF THE CHIEFTAINS ARROW

by

C. Stuart Hardwick

▽

酋长之箭,幸运无比

[美]C.斯图尔特·哈德威克 著 / 毛 沫 译

C.斯图尔特·哈德威克,吉姆·贝恩纪念短篇小说奖和2014年美国未来作家写作竞赛奖的获得者,曾入围詹姆斯·怀特奖。他的作品先后刊登在《未来作家》《机上杂志》和《可能性之潮》上。

Copyright © 2015 by C. Stuart Hardwick

我曾是船上的一只铃铛，高高在上，傲视群雄。云雾缭绕，鸟儿啁啾，天地万物的光辉都从我的视野中缓缓掠过。如今，我成了一枚硬币，一枚无足轻重的零钱。斯特奇斯已经走了，把我丢下了。他今年七十三岁，精明能干，眼睛圆润，面带从容的笑容。我对他的心思再清楚不过了，这个老骗子，他在拖延时间，把棋盘研究了个底朝天，试图找到打破困局的办法。穆雷，他的老对手，已经开始不耐烦地用手指敲击桌面。长椅边上，聚集了一群西装革履的年轻上班族，他们拿着午餐袋和小说，虎视眈眈地盯着桌子。斯特奇斯假装忘了带药，在他的挎包口袋里来回翻找，就像是那瓶药故意藏在已经褪色的金色内衬里一样。药瓶终于掉出来了，他的零钱也随之撒了一桌子，而我现在寄居的这枚硬币则掉到了杂草丛中。

我知道他看见了。他用黄色的眼睛追踪起来，看着我滚过了硬币堆的混战，但他马上想到了象棋里的象，打了个响指，又转身回到与穆雷的棋局中。他为自己赢得了五步棋，却失去了他的幸运硬币——有得也有失，这不就是生活吗？

现在，我被困在一片绿色草丛里，土壤近在咫尺，我都能闻到空气中的泥土芬芳。斯特奇斯拖着脚步走了，和穆雷争论着哪家店之前卖过真正的咖啡，还跟慢跑的人以及推着婴儿车的人打招呼。很多人都出来享受四月的阳光。晚些时候,他会记起我的。他会猛地大惊小怪,开始原路返回,然后,他可能会注意到手上的倒刺或者一个年轻女孩的微笑,于是又把我忘记。这就是问题所在。我从来都不应该被遗忘,也不应该懂得人类,更不应该害怕未知的明天。

最初,我希望斯特奇斯是最终能让我获得解脱的人,但他还是太骄傲了,而且心怀仇恨。据我所知,是他在战争中的经历造成了这个结果。具体是哪一场战争,我一直不是很清楚,但那是一场机械和商业的战争,不像早期那样血肉横飞。我来自更古老的战争时代,来自一场短暂而绝望的战斗,早在人类的历史被记载下来之前,那场战斗就已经被遗忘了。

我诞生于一位叫乔塔苏安的西伯利亚萨满的梦,还有他的酋长的作战计划之中。在如今属于中国北部的冻土森林里,过去的生活非常艰苦,而人们坚韧不拔。几代以来,食鱼者不断向室韦族[1]的领土扩张,沿着河流一直向北攻进内陆。他们占领了拥有天然屏障的营地作为定居点,室韦族则被迫后退,直到退至被大风吹过的森林之外的山区,那里是驼鹿和狍子过冬的地方。为了避免饿死或开战,酋长找了一片新的土地,让他的族人仍然能够安居。他知道,向北穿过剩下的几座山谷,就能到达西伯利亚南部的大草原,那里有野牛、树木和天然屏

---

1. 室韦族,中国古代东北民族。

障，可以安营扎寨到春天；但他也知道，那里有古老传说中善妒的邻族。

路途遥远，山岭高耸，天空呈现出暴风雪来临时的颜色。一队人马先行出发进行侦察和狩猎，但一直没传回消息，直到一位长老发现他们散落在一片血迹斑斑的冰川上，从那里已经可以看到开阔的平原。靴子的足迹穿过斑驳的雪地向西走去，走向了烟雾弥漫的地平线和古老传说中熟悉的尖顶小屋——那里属于血腥的乔拉氏族。这个季节已经来不及掉头返回了，而且最强壮的父亲们已经阵亡，部落也走不远了。最终还是来到了这一步：要么开战，要么灭亡。

部落的学徒们用桦木杆和兽皮搭起宽敞的圆屋，在避风的地方生起了火堆。族人集合起来，围坐在火堆旁边。乔塔苏安吟唱着祷文，撒上散发柑橘香的草药，叮叮当当地摇着他的拨浪鼓和符咒。长老们传递着一把旧铜刀，它是向食鱼者以物换物得来的，曾经被用作削蔬菜的珍贵工具。他们透过火焰凝视着它，一边吟唱，一边吐诵着祈求的话语。他们用食鱼者的方式烧火和敲打，用石头和燧石捶打和雕刻这块金属，把铜刀制成了一枚宽箭头，锯齿状的边缘带有风的魔咒。

乔塔苏安的泪水映照着族人的泪水。他在炭火上撒下地衣碎片，盘腿坐下，开始灵里行走。他吸入祷告的烟雾，把闪闪发光的箭头压在自己的手掌上，呼唤我的同胞进入并指引箭头，以拯救部落免遭灾难和死亡。我们照做了。于是，我成了这枚箭头。

我被动物筋肉固定在一支雪松箭杆上,箭的尾翼是雪鹤的羽毛。一个战斗小组在松林中潜行,向西穿过顶部长着纸一样白色绒毛的棉草沼泽地。北极的天空灰暗,越来越黑。地平线在风吹起的霜雾中模糊不清。乔拉氏族的尖顶小屋就像燧石一样耸立在脆弱的草地上,风中弥漫着木柴燃烧生成的烟。

那些小屋环绕着一堆篝火和一个院子,院子里的乔拉氏族匆忙地用手拉着雪橇,运送裹在兽皮中的包裹不断往返。站在中间的是他们的首领,他戴着尖顶的毛皮帽,在火光映照的雪地里投下影子,指挥着族人为即将到来的暴风雪做准备。酋长看到那个首领后,举起简易的弓,将箭的尾翼拉到他的肩膀上。他发出一声呼喊,为即将夺走别人的生命而祈求神灵的庇佑。他打破沉默,摆脱掩护,把我射了出去。

我很高兴满足了他的愿望。此时的风冷得刺骨,但我驾驭着箭头,穿过狂风和漫天飞雪,越过草地、岩石和垒起的雪堆,射入了首领的心脏。这是一颗强大的心脏,我感受到了心脏的主人在倒下时的惊讶,感受到了他奄奄一息的身体的温度,也感受到了他的骄傲逐渐褪去,变成了对自己的死亡、部落里缩成一团的孩子们,以及尚未出生的孩子们的担忧。

一个小小的伤口,就能让一个人的所爱之人死亡,而让另一个人的所爱之人活下来。我怎么就打破了这种平衡呢?在无法想象的漫长岁月里,我不过是一个微不足道的原子。我见证了整个星际的诞生和衰老，见证了那些物质散落开来，形成新的世界。死亡并不是件新鲜事，但这里的失去不是通过熵或侵蚀来衡量的，而是通过绝望的强度来衡量的。终于，我拥有了实体和某种程度的意志。只是现在，我发觉自己渺小、无助。我在血腥的伏击中害怕得向后退缩。

然而，这并不是一场大屠杀。乔拉氏族用手指把我取出来，带回火光和战斗中。在呼啸的风雪中，依稀可见草地上还站着三十名室韦战士，每个人都戴着兜帽，披着毛皮，身体向一边倾斜。毫无疑问，这是弓箭手准备攻击的姿势。我知道这些战士大多是老人，他们的背早已不再挺拔；我知道只有少数人真正拿着弓，只有一些人有箭，但在这样远的距离，他们最多只能射死一只鸣禽。但是乔拉氏族不知道。他们只知道自己的首领被一支箭射死了，一支笔直地射穿了茫茫雪墙的箭。他们以为还有更多支箭在等着自己，于是崩溃地逃跑了，只带上了抵御暴风雪的包裹，或者能轻易背在背上的东西。他们把我丢在了雪地里，把剩余的晚餐留给了室韦人。酋长赌赢了，以一条生命的代价拯救了他的族人，并给了乔拉氏族逃跑的时间，让他们能在暴风雪席卷之前逃到更西边的地方重新集结。

暴风雪过后，我待在这里思考人类的世界。死去的人被抬到树上绑好，乔塔苏安主持了他们的风葬。接着是三天的哀悼和三天的斋戒及休息。当部落再次穿越大草原时，青草已经被掩埋，阳光下的积雪很是刺眼。野牛心烦意乱，把头深埋在雪堆里寻找食物。

一支狩猎小队迎着微风出发了，但面对野牛这种体型和性情都如此可怕的动物，室韦人没有任何经验。他们拿着木矛靠近，希望让一头小牛落单。然后风向变了。小牛往后退，母牛排成了一排。公牛转过身来，喷出白雾。几头最大的公牛开始冲刺，这些棕灰色的大块头在齐腹深的雪地里大步奔跑，蹄子踢向冰面。它们向猎人扑来，把他们撞翻在地，把木矛和骨头一起咬断。有一头直直地冲向了酋长。酋长只有一把弓来保护自己，他把我搭上弓弦，做好了准备。

酋长喃喃祈祷着，纵身跃下，试着给那头野牛的肚子致命一击。牛犄角划破雪地，顶得酋长开始打转。牛犄角旋转着，又刺又抵。野兽后仰着站了起来。酋长把我猛地举起来，就在一瞬间，我深深地扎进了一头剧烈挣扎的怪物的身体，感受着它体内的骨头、黑暗和热量。

那是我最后一次见到室韦族。酋长带着和乔拉氏族首领一样的想法死去了。公牛尸体被丢给了狼群，而我被丢给了冰川和土壤。

不过，我很高兴被人遗忘。我什么都不想要，只想离开，重新回到我的同胞们身边。他们既不知道死亡，也不知道永生。对他们来说，宇宙的结束和开始都在同一瞬间。他们可以看到一切，但几乎无法感知，而我，现在被压缩在人类思想的有利视角中，可以理解一切。但我只能通过离自己最近的同胞看到东西，几乎不能超越地球的界限，也就是说几乎什么也看不见。然而，这短暂的一瞥包含了我所知道的所有恐惧，我想要逃脱，回到冷漠的虚空中。

可是，我被困在了土壤里，只能通过散落各地的同胞的反射，目睹文明在全球范围内碰撞出火花。最后，我知道了时间的消逝，知道了世界各地母亲们的希望，知道了父亲们被迫眼睁睁地看着希望破灭的绝望，也知道了人类非凡的创造力造就了无数奇迹，而这些奇迹往往会被丢进火海。

从觅食到耕作，从学徒制到大学教育，从为生存而吵架到工业化战争，我一直在等待，直到箭头的锯齿从我锈迹斑斑的铜绿色边缘剥落，直到我怀疑自己是否会和它一起剥落，然后永远留在这里，默默见证人类的每一次胜利和悲剧，却一直被独自困在这里。

我不能责怪乔塔苏安。他并不了解自己所掌握的力量，就像尼禄时代的工程师并不了解他们用以封固水渠的混凝土，或者"艾诺拉·盖号"轰炸机的机组人员并不了解自己投下的原子弹一样。这些科学界的萨满知道的东西有限，但他们已经从自己的世界中揭示出足够多的秘密，以至于能够重新塑造和改善它，甚至试图摧毁它。乔塔苏安一无所知。他靠希望和饥饿生活，被传统和猜测束缚，像卷入旋风中的余烬一样，被他无法理解的力量摆布。

他把这种力量解释为神灵,并希望如果自己真诚地向祂们求助,有可能得到指引。他无法想象更多的祈求了。因此,他的神灵以祂们唯一能做到的方式作出了回应,就是派出祂们世界的使者——我。只要熟悉了我,乔塔苏安本可以掌握一切,本可以统治地球,养育地球,并让地球的子民在星际之间自由翱翔,然而,他只祈求了自己能理解的东西。因此,我只发挥了自己极小的作用,指引一支箭穿越了暴风雪。

于是,我成了一团意识,缠绕在世界的物质里。如果这种物质是骨头、木头或石头——任何萨满曾经使用过的东西——那么都会磨损、腐烂,然后再次重获新生,我就可以从中解脱出来。但不知什么原因,铜把我困住了。

当我终于从土里出来时,野牛和冰川都不见了,大地一片翠绿,积雪已向山上退去。日光再次温暖了我,我可以自由行动和指引方向——最终想办法逃脱。

一个瘦削的男孩从沾满泥土的犁里把我撬了出来。他的眼睛又黑又亮,肩膀宽阔。他把我擦干净,仔细地看了看,然后被太阳晒黑的脸上露出了笑容。

"妈妈!"他叫着,急匆匆地把我带给一个弯腰驼背的女人。这个女人面容慈祥,双手戴着三十枚戒指,只有一只眼睛还能看见。男孩把我像奖品一样捧出来问:"老头会怎么说?"

"放尊重点。"她说着,轻轻地拍了拍他的脸颊,然后握住他的手,把我固定在她的视线里,"这是什么,一个护身符吗?"

他点了点头。"我明天早上会骑马去费夫拉尔斯科耶,用它来付钱。"

"不用。"她拿起我,凑近看了看,用拇指擦了擦,"我自己去。"

这位母亲把我塞进她的篮子里带回了家,篮子里还有大蒜和羽衣甘蓝。她的家是一间简易的棚屋,由漆成白色的木板和铁皮屋顶搭成。她把我绑在一根皮绳上,挂在了木桩上。我就这样一直等着,埋在衣服和毛皮里,而她在照顾烧得神志不清的女儿。

天刚亮,她穿上一件镶满珠子、压花精美、被染成鲜艳赭色的鹿皮长袍。她给男孩留下了要他做的事,然后把我挂在脖子上,骑着一匹身躯健壮的黑色潘吉马出发了。那匹马从不打乱自己行进的步伐,似乎总在嚼着什么东西。

我们骑过参差不齐的燕麦田和黑麦田,沿着奔流而过、铺满卵石的溪流前行。在我们经过丛生的紫色绣线菊时,我试图引导她过去,因为绣线菊可以用来泡退烧茶。我往一边摇晃,拽着绳子,但她只是重重地一拍,像是在驱赶虫子。再往前,她停了下来,下马绕过路上一棵倒下的桦树,树上长着一圈圈可入药的支架真菌。我再次又拉又拽,想让她看过去。她把绳子举起来看了看，甚至沾湿手指来测风向。但最后，她只是咂了咂舌，又骑上潘吉马的背，继续赶路。从神灵的指引降级成装饰品，我不得不等待下一次的召唤。

我们继续向东穿过树木覆盖的山丘，到达了一个聚居地，那里有一排排木屋，面向一条印有深深车辙的小路，还有平板马车载着一车车的人和工具。人们忙碌地来来去去，空气中充满了油烟味、发动机的噪声和俄罗斯人的交谈声。我们路过这一切，最后在山丘上找到了一小片金属屋顶的木屋，百叶窗上还有雕刻的三角形楣饰。

我们在一群通古斯农民旁边停了下来，他们环绕着一个巨大的露天火堆，在看一个跳舞的男人。他身穿绘有鲜艳图案的鹿皮，红润的脸颊上长着高颧骨，戴着倒置的、用鹿角雕刻的面具，看起来像个快活的魔鬼。这位母亲下马和一个心不在焉的年轻男人说话，他自称是这位萨满的"第二灵魂"。当他看到我时，脸上亮了起来，连问了三次那个生病的孩子的名字。然后他冲破人群，把我挂在了他主人的脖子上。萨满的眼睛闪闪发亮，对女人点了点头。然后他继续跳舞，蓝色和黄色的丝带飘在身后，像一只昂首阔步的公鸡的尾巴。

我本可以为这位萨满做很多事。我本可以回应所有祈愿者的祈祷，指引他们找到草药和金矿，找回他们丢失的财物或失踪的亲人，以显示出我本来的能力。但是，他们付钱给萨满，只是让他跳舞和转圈，然后就和来到这个世上的时候一样，穷困潦倒地离开了。萨满变得越来越有钱，但没有变得更聪明，而我还是一如既往地被困住了。乔塔苏安的族人几乎不了解我们这一类的存在，也不懂得如何接收我们的指引。后来的人们甚至忘记了如何寻求指引。对萨满来说，我只是报酬，是一件珍贵的小玩意儿，一种古老权威的象征。他继续像以前一样，祈求神灵施展超出能力范围的魔法，除了我之外，没人能听到他说的话。那狂欢的舞步和醉酒的夜夜笙歌，让我不想接近他，除非他洗掉身上的兽皮和汗水散发的臭气。

当横穿西伯利亚的大铁路通车的时候，萨满已经流浪去了南边和西边，还得了天花。他没有获得神灵的指引就死了，而他的国家似乎准备一同灭亡。对农奴制的抗议引发了罢工、叛乱和武装对抗。在一间摇摇欲坠的茅屋里，我在一只麻袋里无能为力、无人搭理。我看着年轻的男女为了共同的梦想而拼死奋战，美丽的边境街道上流淌着牺牲者的鲜血。这就是我的命运吗？悲剧的无声见证者？

在我被埋葬期间，人类已经利用我那些同胞的天性，发明了强大的技术，并将这种成功误认为是理解了我们的力量。就像孩子们玩剪影游戏一样，他们越是深入地盯着影子，离创造影子的光就越远。我无法预见他们的未来，但知道还有未被发现的秘密。即使在盲人手中，强大的透镜也能点燃火焰。人类不完美的视觉确实已经非常强大——远远超过了那些召唤我的野人。曾经困扰人类简单生活的需求，现在已经得到了十几倍甚至更多的满足，但人类的嫉妒心也比以往任何时候都更加强烈。每一项发明都被用于战争，每一次天才之举都产生了意想不到的波动。而且，的确有天才存在，比散布在无垠虚空中的百万个其他世界上的都要多。人类是一个奇迹，但人类的樱桃树梦想从来都离噩梦不远。我曾目睹过宇宙级别的毁灭。现在，我明白了失去的含义。我终于理解了古老酋长临死前的痛苦，不希望看到这些痛苦被数十亿人重演。

然而，我被困住了。如果我能吟诵并吸入地衣燃烧的烟雾，如果我能自己灵里行走，那么我就能想办法逃离。但如果真是那样，我也就自由了，不是吗？是的，我只能在别人的召唤下得到解脱，例如一个像老乔塔苏安那样朴实无邪的人。

如果有人能窥见真知，就会用它来解救我，而不是让这个世界陷入火海。在寻找这位救世主时，我必须小心谨慎。我宁愿再忍受十亿个痛苦的长夜，也不愿看到那么多孩子陷入地狱之火。如果把最近发生的事情看作指引，那么时间已经不多了。

叛乱之后，萨满的副手把我换给了一名旅店老板，后者又用我换了一双靴子。我在一位商人的口袋里一路向南，沿着阿穆尔河来到了哈巴罗夫斯克。又被换了几手后，我来到了一个废品商的锻造厂。我泰然自若地从熔炉里出来，但也没减轻多少束缚，现在，我变成了一只精美的铜铃铛。我被封进箱子运往符拉迪沃斯托克,在这里,我被安装在"斯特潘尼·波萨得尼柯号"商船的前甲板上。

船长正在值班,用热气腾腾的黑咖啡打破早晨的空腹。鄂霍次克海反射着浅橙色的微光,照亮了舰桥,很少有自然界的景象能达到眼前画面的有机统一。戈尔巴托夫船长是一位饱经风霜的男人,不得不从事苦力活儿,他已经习惯了大海的严酷环境——充斥着无聊和突如其来的恐怖事物。尽管如此,或者正因为如此,他从自己世界的节奏和简单之美中找到了安慰:夏斯基季湾那片生机盎然的栖息地,萨哈林岛北部的冬季冰面,白鲸在黄昏时分吹出的紫色薄雾。我沉浸其中,为扎根于海洋的生命所吸引,也为人类这种能把贫瘠变得丰富的物种所吸引。我在想,如果有合适的人,怎样才能为他指引方向——不是通过战斗——走向一个光明的未来。这个未来不为别人所利用,也不为别人所危害。

当布尔什维克夺取政权后,日本人前来保卫他们的边境,或者说向北推进他们的边境。船长担心日本人可能在之前对马岛的冲突中记住了"波萨得尼柯号"这个名字,所以让人把名字涂掉,改成了"卡赞采夫号",那是他儿时朋友的名字。船长学会了用日语说"你好"和"再见",偶尔还会喝杯清酒,虽然他觉得清酒像雨水一样寡淡。他在革命和边境的紧张局势中幸存下来,多年里一直在沿海一带来回运送谷物和煤炭。但日本人已经不再是曾经那种漠不关心的邻居,他们对满洲的入侵最终让船长确信，两国之间的水域已经变得危险无比。在北方，斯大林正在阿穆尔河的河口重建尼古拉耶夫斯克。戈尔巴托夫船长申请在那里退休，并领取了他的退休金。

作为一只铃铛，我遭受着缓慢的、损耗性的腐蚀，这是由铸造我的废金属里的杂质引起的。所以，当这位好船长退休时，我也跟着他一起退役了。我被装在一个精致的金属架里，放在了他门廊台阶旁的柱子上。

戈尔巴托夫船长老了，他的孩子们长大了。他的孙女卡佳养着一个孩子，丈夫去世了。后来，卡佳收到消息说她的祖父酗酒。到了1938年的夏天，她和戈尔巴托夫船长住在一起，在一家鱼类包装厂做文员。八月，在一个没有月亮的夜晚，有人敲响了用来保护院子的高高的镶板围栏。卡佳拿着灯笼穿过院子，拉开门闩，打起精神和阴影中的人交谈了好一会儿。最后，她走到一旁，让一位穿着百褶长裙和羊毛背心的高个金发女人进来。这个女人皱着眉，用怀疑的眼神扫视了一下挤满院子、已经没法儿吃的蔬菜，然后沿着小路穿行过来。

她自称塔玛拉·乌利亚诺娃，一位来自俄罗斯科学院的人种志学家，并拿出了一封打字机打出来的信。戈尔巴托夫船长展开信纸，卡佳为他掌着灯。信头上印着一柄剑、一条绶带以及"血与土"的字样。听说话的口音，女人像是在列宁格勒长大的，但这封信是用德语写的。

"这个给我干什么？"船长问。

"这封信来自德国祖先遗产学会[1]的秘书长西弗斯。他请求我们帮忙收集一些人种学数据,出于外交原因,我们奉命——"

"暗中监视犹太人,也就是我的邻居。"

"不能算是监视,船长。我们奉命协助调查一些人类学和解剖学的——"

"我再问你一次,女士……"

"我叫乌利亚诺娃。"

"我不是犹太人,乌利亚诺娃。我的孙女在这里,她也不是犹太人。据我所知,阿穆尔河畔尼古拉耶夫斯克的那么多墓地里也没有犹太人。"

"我们也在寻找某些文物。"女人的目光从我身上扫过,然后又回到船长身上。

他看着她,大脚趾从破旧的拖鞋中露出来,手指甲抠进门廊木板松软腐烂的末端。他把一只手搭在放置我的金属架上。"你要一位老船长的纪念物干什么?"

"它远不只是个纪念物。"

卡佳正准备把灯笼挂在门口,现在她又提着它转过身来。"爷爷,你们在说什么?她是什么意思?"

---

1. 祖先遗产学会,纳粹德国在1935年至1945年间的国家智库,主要用于研究和宣传希特勒及纳粹党种族主义教条,尤其是支持现代德国由古雅利安人一脉相传,从生物学上比其他种族更加优越。

女人给出了回答:"我听说,你的祖父在喝醉后会讲一些故事。"

船长端详着干枯的菊花丛中长出的一枝矢车菊。"故事,是的……"

"爷爷,别说!"门铰链在卡佳身后嘎吱作响,当铁门把手被重重压下的时候,总会发出这样的声音。她对那个女人说:"我爷爷喜欢喝点小酒,你不用在意他讲的那些故事。"

女人站在船长的影子里,打量着他的脸,接着又打量着我。她的鼻子直挺挺的,脸上没有因为失望而显露出痕迹。最后她说:"你的抗议已经证实了这一点,再否认也没用。给我看看铃铛。告诉我怎么用。我的同事会让你们发财的。"

听到这里,船长站直了身体。"你的同事要一只半朽的破铃铛有什么用?"

女人紧盯着船长,露出了阴沉的笑容。"别把我当傻子,船长。你的商船要这只铃铛有什么用?为什么它能在台风来临前三天,自行敲响以发出预警?你觉得我们的战舰会怎么用它呢?"

她当然是对的。战争即将来临,船长完全可以想象我对希特勒的海军战舰有什么用。然而,即使是他也无法理解我落入德意志帝国的手里所带来的危险。我通过周围人的眼睛,学会了同情人类所经历的事情,但乔塔苏安当初向我祈求的是指引,而不是良知。一旦祖先遗产学会搞清楚如何向我提问,我别无选择，只能回答。当然，他们会浪费时间在一些废话上，询问一些毫无意义的问题，比如关于他们所代表的神圣统治种族，还有对他们的主张没有任何帮助的其他荒诞想法。然后，他们会把我交给他们的军事部长。如果被提问，我就得告诉他们朱可夫在哪里部署了部队，以及丘吉尔给密码破译员提供了什么线索。虽然不是出于本意，但我将帮他们饿死两千万俄罗斯人，灭绝整个种族；我也将教会他们如何制造中子弹，并把它运到罗斯福的卧室里。

船长无法预见这些事情，但也不是傻瓜。"共产主义者是反犹主义的死敌。斯大林不是这么说的吗？"

女人那直挺挺的鼻子稍稍垂了下来。"当然。种族沙文主义会让工人阶级偏离反对资本主义的道路。"她的眼睛在灯光下像余烬一样闪闪发光，"但对人民有利的事情，并不总是对国家有利。"

船长点了点头。"我想你可以回去了，塔玛拉·乌利亚诺娃。"

女人的脸色一白。"我们坐下来谈谈吧。"她说，"你的铃铛可以帮助我们反抗犹太文化的统治。希特勒也许不是真正的朋友，但他是真正的民族主义者。"她走近一些，声音更轻柔了，"你想站在历史正确的一边，对吧，船长？"

船长走过去堵住台阶。"如果我不像你想的那样看待历史呢？会发生什么？我猜，你的同事会派几个酒吧打手来打劫一个老头子？"

她僵住了。"这世上有比打手更大的危险。"

船长坚持他的立场："关于这一点，我深信不疑。晚安，女士。"

女人迟疑地退了一步。"好吧，但我劝你考虑考虑我的话。晚安，船长。"

她离开了，还没等她走到大门口，卡佳就在船长耳边低语，冰冷的话语灌满了船长的耳朵："爷爷，你在干什么？她和那些把我的丈夫送到'古拉格'的是一类人。你认为她会放过我们吗？"

当大门的弹簧发出的嘎吱声穿过院子时，卡佳的声音变得更坚定了："叫她回来！给她想要的东西。"

"去看看孩子吧。"他说。

"爷爷……爷爷，求你了……"

"去吧！带孩子到里屋去。"

卡佳盯了船长一会儿，然后离开了，留下灯笼在架子上摇曳。船长转过身，用手指摸了摸我的边缘："怎么样，铃铛？塔玛拉·乌利亚诺娃会放过我们吗？"

那个叫乌利亚诺娃的女人是对的。我和船长还在海上的时候，在好几次千钧一发之际，我不得不自行发出预警。我的身体已经到了只能艰难晃动的程度，但只要当啷撞击一下，就足以唤醒醉酒的守夜人，也足以激起船长的兴趣。他意识到我能回应他的问题之后,便发誓半个航程都戒酒,并且确信船上的其他人会以巫术为由反抗他。后来,我们达成了共识:我通过倾斜身体来表示"是",通过轻轻地左右摇摆来表示"不是"。现在,我慢慢地、摇摇晃晃地点了下头,其含义不言自明:这代表我只是在绝望地摇头。

船长点点头,看了一眼还在嘎吱作响的大门,然后迈着重步走进屋里。片刻后,他又出来了,开始大声呼喊并追赶那个女人,同时猛敲了我一下。我翻了个身,发出巨大的声响,如同召唤人们参加弥撒一样。几秒钟后,女人重新推开了大门。

"怎么了?"

"我改变了主意。"船长说。他用一只手撑着我所在的支架,另一只手轻蔑地对大门挥了挥。"好了,进来吧。"他说,"别站在潮湿的地方。"他戴上了白色的船长帽。

大门关上了,女人穿过院子棚架下的阴影区域,走了过来。

"你可以拿走我的旧铃铛。"船长说,"如果你愿意的话,可以把它包起来交给希特勒本人,但只有一个条件。"

女人绕过小路中央一株种在大陶土盆里的番茄。"什么条件?"

船长下巴收紧,从我的影子里拿出一支老旧但很有威力的卡宾枪。惊呆的女人还没来得及露出其他表情,他就举起枪开了火。女人倒下了,然后船长急忙下了台阶,穿过阴影,绕过了她。他从大门探出去瞥了一眼,再拴紧门闩,然后回来用卡宾枪戳了戳那具尸体。他弯腰抓着女人的手,让她从花椰菜上滚了下来。

"首先,你必须说'请'。"他说。

房门猛地打开,卡佳从屋里冲了出来。"爷爷,发生了什么?"她看到了尸体,然后跑下台阶站到他身旁,"你……你做了什么?你认为——"

"我认为天黑了,邻居们会明白这里有蛇出没。"

"你太傻了!一定有人知道她来过这里的。你应该打电话叫内务人民委员部[1]来处理!"

"如果她是叛徒,他们会替我枪毙她;但如果像她所说,她是代表国家行事……"

卡佳浑身发抖。"那你会被枪毙的,或者像我丈夫那样被送到劳改营。"

"是的。"他说,"这些都有可能发生。但你和铃铛将会平安无事。"

"什么?"

"当然,还有我的曾孙女。"

"爷爷!为什么?"

船长捏了捏孙女的肩膀,看着她的眼睛:"卡佳,我的

---

1. 内务人民委员部,斯大林时代的警察机构。

孩子，一个男人必须选择他的战斗，但敌人有时就像姻亲一样——有的是你主动选择的，有的则不请自来，你只能在安全距离之外才能认清他们。"他擦去孙女脸颊上的泪水，"现在去里面收拾你的东西。我还有些园艺活儿要做。"

老人已经决定了他的路。无论斯大林还是希特勒都不能拥有我。他将为了比生命更重要的东西牺牲自己，而我愿意帮助他——为了比自由更重要的东西。

尸体被埋在了一块冬甘蓝菜地的下面。到了早晨，船长砍下支架，把我固定在一个木制底座上，然后把我打包进他的海上旅行箱，里面还有一些别的珍贵物品。一切准备妥当后，他攀上马车。马车很简陋，只有两只辐条轮子和一个车厢，车厢的大小刚好够卡佳和她的女儿躺在里面，她们上面还盖了一层胡萝卜和绿色蔬菜。船长不愿冒险。

由于潘吉马不过是一匹小马，船长没有骑上去，而是走在它的旁边，带着马儿穿过早晨的薄雾，绕开最糟糕的泥泞地带前往河边。码头上是一排排令人眼花缭乱的桅杆和烟囱，以及亮色金属屋顶的黄砖仓库，这些都是革命后新建的。船长检查了一遍又一遍电报，上面的内容他已经查阅了好几次。最后，他找到了"斯特潘尼·卡赞采夫号"的泊位。这艘新改装的船正在加足马力，准备启航。他避开一个好奇的码头工人，很快走过去拥抱了新船长，并低声快速地对后者耳语了几句。

他们的对话虽然压低了声音,但持续了好一会儿。然后,新船长指挥甲板人员到船头去,而戈尔巴托夫船长则驾着马车走过舷梯,进入船舱,把潘吉马拴在了栏杆上。当海门关闭,船员们各就各位的时候,卡佳的孩子已经变得焦躁不安。老船长赶紧把她和卡佳从蔬菜中解救出来。

"瓦西里·格里戈里耶维奇不是很乐意。"他说着,弹开了海上旅行箱的锁扣,"但他没办法拒绝自己的老船长。我们一会儿应该会在船上的军官休息室里见面。如果出了什么问题,这个可以帮我解释,不是吗?"他拿出一瓶伏特加,对孙女眨了眨眼,"即使是内务人民委员部的那帮孩子,他们的祖父有时也会怀念旧时光,不是吗?"

当老船长再次出现时,船舱一片漆黑。船在启航后再次靠岸。他把我转移到一只毛毡旅行包里,然后爬过舱门,沿着船的一侧往下爬,顺着钢梯下到一艘载着面粉和糖的摩托艇上。还有四个准备上岸的男人也在上面。我们向北航行,停泊在阿延港的一个驳船浮标处。这里曾是鄂霍次克海上的一个重要港口,自内战和几十年前铁路关闭以来已经被遗弃。这个港口早已成了废墟,就连城镇也荒废不堪,我们在航行中甚至都没遇见任何警察。在落日的映照下,有星星点点积雪的山峦呈现出了粉红色,在这座城市周围沉睡着。补给品被卸到了手推车上,男人们出发了。他们经过黑暗的仓库,走向一座外表不起眼的砖建库房。库房的窗户完好无损,在这样的地方反而显得很是可疑。在其他人安排如何放置面粉的时候,老船长停在一个破旧的保安亭的背风处。他偷偷瞥了眼其他人,解开大衣的扣子,然后蹲下来打开了装着我的毛毡旅行包。

"我不知道你是什么东西,铃铛,也不知道你从哪里来,但你总是足够灵验,虽然我从未真正向你要过什么。现在,我必须为我的卡佳祈求。请指引她,就像你曾经指引我一样——请许给我一个愚蠢的夜晚——这就足以弥补我这个老傻瓜的失言了。"

他是来这里赌钱的。从"卡赞采夫号"下来的五个人加上镇上的另外五个人,除了老船长,其他所有人都彼此熟悉。老船长由两名曾在他麾下航行的人做担保。他带着我进入库房,穿过一排排竖起来的橡木桶,还有像廉租公寓一样堆起来的板条箱。在后面的一间办公室里,人们拉下窗帘,关上门闩,清理了桌面上的工作文件。

老船长明智地避开了那些需要我预见未来,或者我无法掌控的事情。他们用戈比下注,玩的是一套中国设计元素的花图牌,由一张张小花卡组成。玩家只需要喊出"继续"或"停止",他们的赌注就会翻倍或保持不变。我知道其他人在想什么,也知道他们手中的底牌,只要用我的边缘轻轻地碰一下船长的靴子,就足以暗示他最明智的玩法。他把装着我的包放在身边,耐心地玩牌,输得恰到好处,足以保证不会缺胳膊少腿。花图牌之后玩的是赌注更高的扑克,在最后几个小时里,我们转移到了一间重新改成办公室的废弃冷库,还有一个叫作米尔佐扬的文身男人和我们待在一起。其他人都对他敬而远之。

到了黎明时分,老船长已经悄然溜进山里,而我又回到了"卡赞采夫号"上,和卡佳一起驶向阿留申群岛。老船长只回来了一会儿,吻了吻他熟睡的孙女,把我放回海上旅行箱里。"瓦西里·格里戈里耶维奇是名优秀的共产主义者,"他说,"但他的父亲是白卫军。就像我在打仗的时候,不惜一切代价从特里亚皮钦手里救出他的家人一样,现在瓦西里也会不惜一切代价来救我的卡佳。"

他拿出那瓶伏特加,拔出软木塞,把瓶口举到嘴边。

"如果犹太人让德国人感到害怕,"他说,"也许只是因为他们知道一件事:有些东西比国家更重要。"

有那么一瞬间,我以为他可能会喝光伏特加,毁掉所有计划,但他只是拍了拍我,重新塞好软木塞,然后把我放回去,合上了包。

在日本西部,"卡赞采夫号"与普吉特快船相遇,用非法的美国机器零件交换了非法的白鱼子酱。一大笔贿赂和几句刻薄的威胁,为卡佳换来了前往美国的通行证。在两次世界大战之间的那些年里,西海岸的安全检查不是很严格,一名带着嗷嗷待哺的孩子的漂亮女人并不会引起额外的注意。藏在我的撞针旁边的一沓美元为她打开了美国的大门，买来了食物，直到她完全安顿下来。日本偷袭珍珠港时，她正在西雅图和一个卖福特森拖拉机的男人约会，后来这个男人在所罗门群岛修建飞机跑道，并赢得了一枚勋章。

卡佳从未向我祈求过任何事情。我的时间不多了，她是我获得解脱的最大希望，但老船长把她的安危托付给了我，所以我从未主动与她交流，以免暴露她的身份，或者引出她无法回答的问题。她一直不知道老船长得了癌症，也不知道死于枪杀是老船长自己的选择，更不知道他点燃塞了破布的伏特加瓶子，把它扔进政府办公室的窗户，以此来帮助掩护她，为她的逃亡买单。当然，我是从老船长的想法中知道这一切的。当战时废品回收的消息宣布时，我知道是时候把由他开始的事情画上句号了。

在一个阳光明媚的春日早晨，安装着扩音器的废品回收车停在了克劳福德路的出租屋外。卡佳正在钉画钩，我待在壁炉上。当车子停在外面时，我用尽自己全身的力气开始摇晃，咣当一声，我打翻底座，摔在了水泥壁炉上。已经腐蚀的我非常脆，像一个陶花盆一样摔碎了。卡佳尖叫着飞奔到我身边，她的眼中充满了泪水。在她的记忆中，我看到了老船长、她的丈夫和她离开或失去的其他亲人。她以为是钉画钩让我掉了下来，是她自己弄坏了用于纪念那些亲人的唯一的纪念品。她摸着我的红色流苏——老船长经常用它来敲响我——然后把我的撞针抱在怀里。

扩音器再次响起:"请把你的垃圾带出来,并确保废品下沉到了指定区域。"我——现在是一块写着西里尔字母的碎片——摇晃着,跳动着,仿佛在说:"去吧,卡佳,把我扔进垃圾箱吧。"毕竟,这是她对自己的第二故乡应尽的爱国义务。

"好吧,铃铛。"

一艘废品驳船把我带到了加利福尼亚,我被熔化、轧制并由卡车运到铸币厂。我成了战时生产转向冶炼钢铁之前铸造的最后一枚铜便士。然后,我辗转在收银机和全西海岸人的口袋里,直到一位名叫萨尔·利特瓦克的空军士兵认为我很幸运,把我塞进了他的钱包。但不幸的是,我几乎让他因为违反美国陆军条例第八款而被开除。所以,当他在卡塔利娜岛上追捕潜艇,还有在费城修建房舍时,我保持了沉默。战后,他把我放在一只装满纪念品和勋章的鞋盒里,打算百年之后将我带进棺材,但他的孙子把我救了出来,放在镜子下面,然后偷偷把我带去学校换取巧克力。又过了一年,又倒了几手,我来到了费尔希尔的史密斯药店,斯特奇斯在那里的踢脚板下发现了我,因为我确实是一枚非常罕见的硬币。

所以,我现在躺在了这里。人类已经征服地球,让人造太阳分布于沙漠中,去天空之外展开探险。人类变得不可战胜、不可征服,像一株顽强且不断蔓延的藤蔓,给山坡涂上了挥之不去的色彩,直到勒死树林,让树根消失,使土壤全部滑落。科技给人类带来了眷顾和保护,而逆境使人类变得聪明,狩猎和斗争点燃了人类的创意火花。自然造就了什么,就会很快夺走什么。锤子让人类失去了下颌肌肉,石刀让人类失去了犬齿,杠杆让人类失去了大部分力量。轻松和富足会让人类付出什么代价?一旦制造机器的头脑萎缩了,机器还能支持人类多久?

人类面临的最大危险从来都不是战争、饥荒或瘟疫,而是成功。很快,人类必须推动自己去超越自然的磨盘的碾压,否则就会摔倒并被碾碎。我曾希望在正确的地方点燃星星之火,也许可以对抗即将到来的火灾;我曾希望还有时间来擦出这样的火花。但现在我在这里,泥土森然靠近,在一个黑暗安静的地下室里,我可以缅怀酋长的孩子们,以及数百万其他孩子,还有数百万尚未出生的孩子。

阳光下斑驳的绿色在我眼前闪过,绿色翻滚着,转得越来越快,我被这简单狂野的动作强度搞得头晕目眩。然后我平躺下来,一动不动。太阳烤热了我的金属。一辆婴儿车经过,一个孩子弯腰打量着我。她沙褐色的卷发在无云的天空下垂落,棕红色的眼睛迎着阳光眯成了一条缝。她捡起我,然后露出了笑容。她的牙不全,还在换牙期,指甲尖有明显的咬痕。

"看,妈妈。爸爸说如果是正面朝上,就意味着好运。"

推婴儿车的母亲微笑着回应:"过来吧,我的小鸭子。"

女孩把我平放在手指的关节处,然后把我抛向空中,再啪的一下接住。每次她都从手掌之间偷偷看我一眼,然后笑着再来一次。回家的路上,我总是正面朝上。

杰西卡今年八岁,是个早熟的读者。她的床头摆满了从赫伯特·乔治·威尔斯到道格拉斯·亚当斯的书。搭在直背椅上的T恤印着阿尔伯特·爱因斯坦对着镜头伸舌头的著名照片,她在掏空口袋时也会兴高采烈地做这个动作。她的床底下没有灵应盘[1],但她有更好的东西。有人给她做了一张桌子,是砧板样式的,上面铺满了用胶水黏合的字母块。当我弹跳到涂了漆的桌面上时,我试图滚起来,就像在斯特奇斯的棋盘上一样,但只做出一个不自然的翻转,最后落在了打开一半的口香糖包装纸上。

"幸运便士。"杰西卡说,然后唱道,"便士的这面买线团,那面买针头。"她又抛了几次硬币,每次我正面朝上的时候,她都会咯咯地笑。"傻便士,"她皱着眉头,学着从她妈妈那里听来的严厉语气,"我该拿你怎么办才好?"

就是现在,要快。我从她的掌心一下子挣脱出来,弹到桌子对面。我打着圈猛冲,勉强改变方向,及时避免向下掉进她

---

1. 灵应盘,流行于欧美的一种占卜方式,所需工具一般为木制的长方形平板,上面有图案、数字、字母和单词。

的袜子，或者掉到她弹簧床垫下面沾满灰尘的玩具兔子身上。

我绕着桌子转了一圈又一圈，感受着自己的身体，摸索着字母块的位置。只要我控制好速度，就可以在旋转时跑到任何一个字母上，这样就能拼写出信息。于是，我开始了："问……我……问……题……"

杰西卡的嘴巴张得大大的，嘴里的棒棒糖差点掉了下来。她不明白我的意思，至少现在并不明白，但有的是时间。终于在过了这么久之后，我还有时间。

THE LOST DAUGHTER
by
Liang Liang

▽

遗失的女儿

梁良 著

梁良，90后，类型文学爱好者，野生小说家。希望自己写下的故事被更多人看见。

本文为《银河边缘》中文版专发篇目。

我喝下咖啡，胃中升腾起一股暖意。已经是深秋了。

每天早上九点，我都会在这家咖啡馆的这个位置打开电脑，开始工作。我的工作是为旅行杂志撰稿。年轻的时候我曾去过很多地方，足迹几乎遍布世界的每一个角落，那时我喜欢在飞机上、旅店里或是异国的酒吧里写东西。但现在由于身体原因，一年能出去一回已是奢侈。

坐在我斜对面的那位老妇人又向我投来探寻的目光。她不是每天都来，但只要出现，必定会在那个位置，也必定会露出对我感兴趣的眼神。我只是感到奇怪，不过从未主动与她攀谈——与陌生人交流的热情正随着体内多巴胺的消失逐年下降。

服务员端来一杯飘着玫瑰花瓣的拿铁，我疑惑地抬起头。

"这是您对面的那位女士送给您的。"

越过服务员手臂和身体构成的空隙，我看到老妇人一如既往的微笑。

"替我跟她说一声谢谢。"

"好的。那位女士让我问您，她是否可以坐到您对面来？"

真是得寸进尺啊，我心中不免烦躁。我向来不喜欢在工作的时候被人打扰,但是我也明白,手中的这篇稿子今天早上根本就没有任何进展,年轻时积累的资源也差不多到了见底的时候。

"请她随意吧。"

"好的。"

服务员在妇人的耳边说了些什么后,老人挂着拐杖微笑着走了过来。她的步伐之慢,甚至让我产生了没有起身去帮助她的愧疚。促使她穿过人群向我走来的执念到底是什么呢?我不禁更加好奇。

"你好。"老人在我对面坐下,微笑像是刻在了脸上一样。

我抬头看了一眼,老人的冒昧让我更加烦躁,但依然敷衍地点了点头。

"你在工作吗?"老人更进一步。

"现在没有。抱歉,您是认识我吗?"

老人摇摇头。"你一直一个人坐在这儿。"

"对,我靠写作为生,在这里工作让我觉得很舒服。"

"你结婚了吗?"

"没有。"

"从未结过?"

"从来没有,现在也是一个人。"

老人的问题很普通,正因如此我才感到奇怪。我一度以为她是我的热心读者。年轻时,我喜欢把自己的照片和联系方式附在文章尾，有读者会通过杂志社联系到我，给我寄来热情洋溢的信件，或者提出私下交往的请求，我曾试着见过其中的几位，但他们与我心目中的理想读者相差甚远，接触几次后就断了来往。

"您不是我的读者吧?"

"我很久没有看过书了，眼睛不太好。你是作家吗?"

"称不上，只是个自由撰稿人。"老人的眼睛里有种纯真，就像小孩子的眼睛一样。"那您就是单纯地对我个人有兴趣了，我身上有哪点吸引了您吗?"

"我也说不清楚，所以想过来跟你聊聊，也许能发现什么。"老人的回答反而加深了我的困惑。她突然说起自己的事："几年前，我生过一场大病。"

我点头，把视线重新转向电脑。也许她只是无聊想找个人聊天，我可以一边工作一边听，在适当的时候回应她一下就好。

"后来做了个手术，现在几乎完全康复了，整个人就像重获新生一样，对所有东西都充满了好奇。我感觉有什么东西彻底改变了，周围的人也说我看起来变化很大。

"吃饭的口味变了，作息时间变了，对衣服和男人的品位都变了。最重要的是，我总是在寻找什么，但又不知道在找什么。这种感觉实在太奇怪了，一直困扰着我。"

"会不会是手术留下的后遗症呢?"

"我去医院问过，医生只是说有可能。据说，他们给我做的是一种很新的手术，术后反应根据每个人的体质有所不同，也有人完全不受影响。"老人端起茶杯闻了闻，露出陶醉的表情，"看到你的时候，我有一种很踏实的感觉，好像一直在找的东西就在这里。"

我以微笑作为回应，想着怎样不失礼貌地请这位老人离开。我稍微来了些灵感，没时间也没兴趣听她讲述自己的故事。

"你有家人吗？"她突然问我。

"父母都去世了，亲戚一直不怎么联系，算是没有了吧。"

我孑然一身。迈过四十岁的坎，周围的人都结婚生子，其乐融融，看我的眼神中都带着同情。但这是我自己选择的人生，怨不得别人。有时候难免也会想，如果当年留下那个孩子……

"你在想什么？"老人端起的茶杯挡住了脸的下半部分，但敏锐的目光盯着我。

"没什么，一些往事罢了。"

老人什么都没做，她那清澈的眼睛却仿佛小孩般频频发问：你想到了什么，快告诉我，快告诉我吧。

我叹气，用苦笑掩藏自己的情绪。"年轻的时候，我有过成为母亲的机会，不过我放弃了……那时候我只想满世界跑，要是带着孩子，哪儿都去不了。总之，我牺牲了亲情，选择了梦想。"

老人点点头。"你并没有后悔吧。"

我认为没有，然而事实果真如此吗？如果不后悔，为什么我会频频想起那个曾在我身体中待过七个月的小生命？当我决定放弃她的时候，已经能够感受到她在我身体里的跃动。我是个杀人潜逃的罪犯，被抛弃的母爱化身隐形的警察始终在追逐我。

"我有两个女儿。自从手术以后，我和她们的关系就变得很疏远。"

老人并未等我回答，开始讲述她的女儿们。

"因为你生病的时候她们没来照顾你？"

"不，她们都来了，把我照顾得很好。但是她们的面孔一天天地变得陌生起来，出院的那一天，她们俩在我眼里简直变成了完全不相干的人。我甚至不明白她们为什么要对我这么好。"

我想这大概也是手术的后遗症之一，老人经历的应该是某种脑外科手术。

"所以，我对她们表现得很客气，这似乎伤了她们的心。没过多久，两个人都回去了，偶尔打电话问候我。我已经有好几个月没接到她们的电话了。"

从老人的表情里看不到任何后悔或遗憾的样子，她像是一个讲故事的人，平静地说着与自己无关的事。

"出院后没多久，我和丈夫也分开了。"

"是您提出来的?"

"是的。和丈夫一起生活的记忆就像不断退潮的大海,海浪每冲刷一次海岸,都会带走更多回忆,最终什么也没剩下。他对我而言变成了陌生人,我只能这样做。"

"难道他没有问原因,就这么毫无怨言地接受了离婚?"

"他问了,我也如实解释给他听了。他当然不甘心,陪我去了好几趟医院,但医生也无可奈何。医生说,为我的术后康复考虑,最好还是先分开一段时间。他是为了我才离开的,执拗地不肯办离婚手续。他大概是认为,总有一天我会恢复到以前的样子吧。"

"您自己是怎么想的呢?"

老人闭目沉思了一会儿。"我觉得以前的我是另外一个人,一个和现在的我完全无关的人。"

"为什么会这么想?"

不知不觉间,我们的立场似乎发生了微妙的转变。我变成了那个提问的人,而她则成了回答者。我们的交谈始于她对我莫名的兴趣,然而现在,我对她的兴趣却越发浓厚起来。

"我的身体,或者说大脑,好像十分排斥属于手术前的那个人的一切。它拒绝她的一切,想要把她留下的所有痕迹都清理干净。你知道女儿们和丈夫都离开后,我做的第一件事情是什么吗?"

"是什么?"

"打扫房间。从结果来看，或者说成是弄乱房间更准确吧。"老人第一次笑出了声，"旅游购买的纪念物，辛苦制作的手工艺品，丈夫和女儿们每年送我的生日礼物……所有这些充满了回忆的东西，全都被我拆解、弄坏，丢得满地都是。

"之后，我度过了一段相当自由的时间，想去哪儿就去哪儿，想干什么就干什么，丈夫和女儿们给我留下了足够的钱。唯一的问题是，衰老的身体有时无法满足天马行空的想法。最严重的一次是，我去坐了游乐场的海盗船，结果醒来的时候发现自己人在医院。"

我张大嘴巴，几乎惊呆。"难道游乐场的工作人员没有阻止您上去吗？"

"我戴上假发，还化了妆，把自己打扮成了一个小姑娘。没人知道我是一位老太太。"老人调皮地眨了眨眼睛，我却仍然沉浸在这件事带给我的惊诧之中，这太疯狂了。

"我在医生的脸上看到了和现在的你同样的表情。再一次看到这样的表情，还是让我觉得很好玩儿，这是为什么呢？"

是啊，为什么呢？坐在我面前的这个人，徒有一副年老的身躯，无论是神情态度还是她的所作所为，都让我常常在恍惚间以为她是一位少女。

"您不应该拿自己的生命冒险。"我尽量以轻松的语气说出这句话，希望里面没有说教的意味。

她的眼睛闪过一道光，就像阳光突然穿过树枝在林中溪水投下的光芒。"你有没有做过什么疯狂的事？告诉我。"

我笑了。"在别人眼里，我这一生大概都很疯狂。"

"在你自己眼里呢？有什么是你认为的真正疯狂的事？"

从大学辍学，摆脱有暴力倾向的父母，不断地换工作，与男人同居，怀孕、流产、不孕，一个人浪迹天涯，大病一场，欠债无数……无论哪一件，都足够疯狂。

"比起疯狂，我更想做一个普通人，过普通人的生活。"

"在你看来怎样才算普通呢？"

"比如你的前半生那样。"

"我想你指的是家庭生活。"

"也许吧。自从十六岁离开父母家之后，我就再也没有体验过那种生活。前十六年的人生让我对那种生活几乎丧失了兴趣。虽然我也知道，大部分人都是在普通的家庭里长大，经历普通家庭的喜怒哀乐。成年后无论是否愿意，最终都会选择那种生活。但是我没有。"

"我可能比其他人幸运一点，我的家庭虽然普通，却让我感到十分幸福。我为你的经历感到难过。"

"已经是过去的事了。就算真的造成了什么创伤，这么多年也早就抚平了。"

"你真的这么觉得？"

"你觉得不是？"

老人点头。"你本来有机会成为母亲，建立家庭，但是你选择了放弃。"

"就算生下孩子,我也没办法一直带着她,也不可能把她托付给那种不靠谱的父母。"

"孩子的父亲呢?他是个什么样的人?"

"他……"

我在回忆中搜寻那张很久没有想起过的脸,然而记忆中早就不剩下什么了。"抱歉,我不记得了,大概是个普通又无聊的男人。我这一辈子遇到的净是这种男人。"

老人的脸上浮现出一丝失望。也许她以为会在我这里听到什么刻骨铭心的爱情故事?那种事从未在我身上发生。不过,说了这么久,我仍然不明白她到底想要从我身上得到什么。

"你是在什么时候放弃她……那个孩子的?"

"她在我身体里待足七个月的时候。"

我永远也不会忘记她的脸。当知道自己再也无法成为母亲的时候,我执意要看她一眼。从那之后,那张脸就像是印章一样烙在我的心上。随着时间的流逝,那张脸也发生了变化:小小的眼睛睁开了,粉红的小嘴嚅动着,仿佛要对我说什么。我从未听清楚她的话语,我害怕知道,一心以为那是对我的谴责。有时候她还会张开发育不完全的双手,或者拖着细弱的双腿朝我爬过来,像是要我拥抱她……

"你还好吗?"

睁开眼睛,我发现老妇人已经走到我身边,用双手环绕着我的肩膀。她的下巴轻轻地抵在我的额头，嘴里呢喃着安抚婴儿时才会用的无意义的话语。在她的怀里，我感受到一种前所未有的安心。

"我不是有意要让你伤心的。"

直到她用纸巾帮我擦去脸上的泪水，我才意识到自己在流泪。

"我……我想起了我的孩子，我以为……"

老人重新坐回我的对面，两只温暖干燥的手握住我的手。我有种永远都不想放开这双手的感觉。

"你知道我做了什么手术吗？"

我抬起头，泪眼婆娑地看着她。她指了指自己的头，说："是大脑方面的。"

"是肿瘤吗？"

"大概有一年的时间，我丧失了对世界的感觉。在医生的建议下，家人决定为我进行手术。"

我尽力让自己投入她讲的故事中，好使自己忘记汹涌而来的悲伤。

"我死去的意识被拿走了，他们为我换上了别人的。"

"什么意思？"我呆住了。

"那种手术并不是什么正规的手术，可以说只是一种实验，而我是最初的实验品。事实上，在我手术后不久，实验就因为副作用过多被禁止了。听说，那家医院为这种手术准备了很多……材料。"

"我不知道还有这种事。"

"你从没听说过?那家医院是霞辉西路私立崇生医院。"

我看着老人,为这莫名的巧合感到困惑。那正是我失去女儿的医院。那家医院以尊重和保护患者的隐私而闻名,类似我这样的引产手术不会留下任何记录。这也是我当年选择它的理由。

"据说那家医院十分注重保护患者的隐私。也许就是因为这个原因,才会让他们有机会进行那种手术。"

"您说的到底是什么手术?"

"意识移植。只有活人的意识才能进行移植。但那家医院所做的,并不是直接从活着的人身上抽取意识这种残忍的行为。"

"那……是怎么回事?"

"跟器官捐赠有些相似。捐赠者的器官必须在死亡的瞬间被摘取,如此才具有活性。意识也必须从还活着的大脑中提取,否则一切就没有意义。"

我突然感到不寒而栗。"您……移植了别人的意识吗?"

"是的,而且我看到了。"

"你看到了?"

"对,我看到了那个贴着标签的瓶子,上面写着:1990年9月13日,女,七个月。"

我将手从老人的手中缓缓抽出。心中那个随着我一起长大的孩子的面容发生了变化：她的脸以肉眼可见的速度迅速长大、成熟，紧凑的五官越发分明，皮肤上的纹路逐渐加深，在闪过各种各样的表情后，最终与眼前这张饱经风霜的苍老面容合在了一起。

"不。"

仅仅一个字，却耗尽了我全部的力气。

"我没有见过她，但我知道她是什么样子。她的意识告诉了我，我一直按照她的想法生活。我做过的那些疯狂的事，都是她想做的。包括现在出现在这里跟你交谈也是。"

"第一次见到你的时候，我就有一种很奇怪的感觉。明明我们从未见过，我也完全不了解你，你却深深地吸引了我。你的脸让我无法把目光从上面挪开，我只想看着你，记住你，跟随你。"

"别说了……"

"知道你还想着我，我很高兴。我很感谢现在的这具身体，尽管她衰老、千疮百孔，很多事情都力不从心，但要是没有她，我就永远不可能走到你面前。"

"把头抬起来，"老人对我说，"我只想对你说一句话。"

我抬起头，盈满泪水的双眼中出现一张模糊的脸。我什么也看不清，唯有那句话清晰地传入耳中：

"妈妈，见到你真是太好了。"

悪霊は何キログラムか?
by
Hayane Neya

▽

恶灵重几何?

[日] 根谷羽矢音 著 / 木 海 译

根谷羽矢音，1992年出生于日本北海道，在东京长大，毕业于东京大学综合文化研究生院。他喜欢的作家包括小川一水、小林泰三、圆城塔、宇佐美真琴。《恶灵重几何?》首发于桥本辉幸主编的《六花志 Vol.1 Shipping》。

Copyright © 2022 by Hayane Neya

那年十月收到K市港务局奇怪的委托时，凯莉做这份工作刚满三年。

"兹委托贵室调查员对一艘申请入港的集装箱船装载的货物进行透视调查。其载货单填报着'恶灵'。"

看到申请表上委托摘要栏的开头后，凯莉叹了口气，接着深深放倒办公椅的靠背。她那头墨绿光泽的黑发像爬山虎一样从头枕上垂下来。

这类委托并不少见，甚至可以说是来得相当频繁。因为背负着"透视"这样的招牌，对他们产生误解的人便会送来幽灵或恶魔相关的委托。

综合调查局强化调查室（CIBE）的调查员们，也就是凯莉他们的"眼睛"，其实是纯粹科学的产物，本应该用于接受更加正经的委托。

然而，强化调查室本就是最近新成立的科室，同局里都有很多人搞错，他们也没办法把送来的委托一口气全部拒掉。

"可恶，他们以为我究竟为什么要做增强手术啊……"凯莉小声嘟囔。

身后传来女性的声音："又是那类委托？"

以女声来说，声音相当低沉。听起来她甚至对委托不无兴致。

"没错,这次是'恶灵'——'恶灵'啊。玛丽前辈,你怎么看?"

凯莉转动椅子,面向穿着西装裤的女性。她的身材比凯莉要娇小一些,手里拿着白色导盲杖,戴着一副深黄的有色眼镜。

"哎呀,既来之,则安之。给我讲讲具体情况吧。"

即使像这样不合理的委托,退回也需要上司玛丽的批准,所以凯莉每次都会先把委托内容念给失明的玛丽听。

"是这样……'兹委托贵室调查员对一艘申请入港的集装箱船装载的货物进行透视调查。其载货单填报着'恶灵'。重量:每只二百五十公斤。'……二百五十公斤?这是什么意思?"

念到之前漏看的最后一句信息时,凯莉意识到,这次的委托比平时那些奇怪的委托更加诡异。

"就是字面上的意思吧。这委托听起来不是很有趣吗?就像我刚说的那样,'既来之,则安之。'"

玛丽摘下眼镜,看着凯莉的眼睛,露出非常愉快的表情。

尽管她应该什么都看不见,却给人一种看破一切的感觉。每当玛丽注视自己的时候,凯莉总是有这种感觉。

"凯莉啊,今年是你干这份工作的第三年了吧?之前我只教了你如何使用眼睛,看来是时候教点新内容了啊。"

凯莉苦着脸看向玛丽。玛丽肯定也清楚凯莉会露出怎样的表情。

"该不会,"凯莉有些自暴自弃地问,"船上装的其实是陀思妥耶夫斯基的《恶灵》[1]吧……"

"这是我能想到最无聊的一种结局。"

玛丽接过凯莉递给她的申请表,盖上了接受委托的章。

或许是受不久前生成的台风影响,海面不太平静。

"总长度一百八十米,载货物重量为一万四千吨……"

告予委托人己方接受透视调查后,又过了几天,凯莉来到停在K市港口的集装箱船"勇敢之心"前。她手中的信息终端显示屏上,显示着先前送来的关于那艘货船的信息。

"玛丽前辈,一百八十米算是普通尺寸吗?"

"对集装箱船来说算是比较小的吧,大的能有这两倍大。"玛丽张开双臂比画了一下。她的动作仿佛在拥抱海风。她本就身材娇小,这样站在货船前便更显得小了。

凯莉正要说太大了想象不出来,就听到身后传来声音。

"让您久等了。"

回头一看,来了个看上去四十多岁的男人。他穿着一套皱巴巴的西装,皮肤被晒得黝黑。

---

1. 中文常见译名为《群魔》。

"我是K市港务局的霍华德。感谢你们接受调查委托。"

霍华德眉头紧锁,低头致意。

"不客气,都是工作。先自我介绍一下吧,我是CIBE的凯莉·米尔斯调查员。这位是玛丽·克罗伊茨首席调查员。"

"我是玛丽·克罗伊茨,请多关照。按计划分工,实际调查主要由凯莉负责,我更多是在旁边打打下手。"

"真是帮大忙了。这次……毕竟是这种情况,很难委托其他人……"霍华德眉间的皱纹逐渐加深。

"是因为'恶灵'吗?"

见凯莉切入话题,霍华德微微点头,开始介绍。

"'勇敢之心'大约在一周前申请入港。申请时表示,由于此前目的港附近天气十分恶劣,日程大幅延误,所以希望能到K市港口加油。"

"类似情况经常发生吗?"

"是的,这类情况并不罕见。收到申请后,我按照规定的程序要求他们提供一份货物清单。清单内容包括货物的品种和数量,以及载货重量等信息。接着,我向出港处的港务局确认,这份清单与之前提交的内容一致——"

霍华德顿了一下,继续开口说:

"——除了写有'恶灵'的那一行。"

霍华德从口袋里掏出一张对折了两次的纸,递给凯莉。

"当然,一开始我也以为这单纯只是个恶作剧。运输过程中货物的重量如果增加了,自然会被怀疑走私了什么东西。对货船方来说,这样无疑是给自己招惹麻烦,我们港务局也不得不检查一下。"

凯莉把纸展开。清单上面列着"儿童玩具"和"红茶"等货物品种——最后一行写着"八十只恶灵,共计二十吨"。

"根据清单,我们首先核查了重量。两位知道如何测量集装箱船等货船的载货重量吗?"

"是通过吃水线吗?"一直默默听着的玛丽回答道。

"正是如此。"

"吃水线是什么?"

"吃水线指的是船体与水面相交的边界线。你想,装上重物后,船就会向下沉一点吧?测量一下吃水线下沉了多少,就能知道装上去的东西有多重了。"

"啊,原来如此。解释起来很直观。"

"请看那边。"

霍华德指向船头的方向。

"仔细看那下面,看到刻度了吗?"

在船头底部靠近水面的部分,像尺子一样划着白色的刻度和数字。

"用那个测量啊……也就是说,如果完全不装货物,那么读数就会接近零了?"

"要是真有那么简单就好了,但实际情况略有不同。货物过少时船体浮得厉害，就会很危险，所以通常的做法是直接从海里汲水，让货船增重，从而保持平衡。这里汲取的水，被称作压载水，在计重时必须将其考虑在内。"

"不同吃水线高度对应的吨数信息，以及压载水的重量，都写在之前收到的资料里。"玛丽补充道。

"原来如此。这次也是根据压载水的重量和吃水线的高度来计算载货重量的吧？"

"是的，根据计算，载货重量与清单申报的一致。如果不算'恶灵'，重量就对不上，既然这样就只能直接去核查货物了。于是我们问船长，装着'恶灵'的集装箱在哪里。"

既然列在名单上，就应该有相应的集装箱。

凯莉点点头。

"没想到船长毫不犹豫地把我们领到了集装箱旁边。只是，当我们向船长申请开箱查验时，他却态度骤变——'不能打开！这些恶灵古老而强大，一旦打开并释放它，就会给这片土地带来灾难啊！'"

霍华德说着，看了看船只甲板。

凯莉也顺着看过去，原来那边站了个正俯视着我们的男人。即使从远处看，他的体格也非常健壮。由于逆光，就算用凯莉的强化视力也看不清他的表情，但可以看到他正不安地摇晃着身体，好像很在意这边的情况。

"我们看这副模样太过可疑，于是无视船长的警告，打开了集装箱。我们有这种权限。但是打开第一个后，里面什么都没有。我们接着打开第二个，同样是什么都没有。最后，我们打开了所有号称装着恶灵的集装箱，结果里面全部没有装货物。完全是空空如也。这样一来，多出的货物必然在其他集装箱里，或者是在其他地方藏着某种东西。我们甚至开始怀疑其他货物是否和清单上的一致。"

打开所有剩余的集装箱，仔细检查每个玩具——凯莉在脑海中思考着排除剩余可能性都需要做哪些事情。

如果采用普通的调查方法——

几乎不可能按时完成。从程序上看，能扣留船只的时间有限，而且这种调查方法太费事了。

"我终于明白为什么要找我们了……"

的确，只要用凯莉他们的"眼睛"，就可以不用一个个打开了集装箱，直接"看到"里面装的东西。

凯莉刚要释然，玛丽插话了：

"不好意思，打断一下。在打开集装箱后，你们重新测量过载货重量了吗？如果被释放的'恶灵'真的存在，而且确实有重量，那么载货重量应该会相应减轻。"

"我们也是这么想的。但是在那之后天气恶化，海浪变高，就无法进行测量了。"

"原来如此。通知船长下一次测定载货重量的时间了吗？"

"是的，等天气稳定下来就测。"

189

玛丽再次嘟囔了句原来如此,低着头似乎在思考什么。

等了一会儿,见没有别的问题了,霍华德才轻轻清了清嗓子,继续道:

"再确认一下委托吧,我们想请两位调查的内容是——这艘船和其上集装箱里的所有东西。"

"前辈,你怎么看?"凯莉问。

眼前甲板上堆放着大量的集装箱,它们富有规律地排列堆叠,橙色、绿色、浅蓝色、红色鲜艳交错,看上去就像点心柜台上陈列的巧克力盒。

"麻烦的是不知道到底装了些什么,但至少不像是陀思妥耶夫斯基的书……"

"那倒是……不过真要把合计二十吨重的东西给藏起来,本身就不是件容易的事情。"

凯莉看着刚拿到的货物清单思考起来。就算那些藏着的"东西"是可以细分的,也很难想象它们被分散并混杂着藏到其他货物中。因为,即使为求隐蔽而分散藏好,以后回收的时候也很费事,还需要记录所藏的位置。

"总之先来看一看。来排除一些可能性吧——把'马灯'递给我。"

"好的。"

凯莉从行李中取出"马灯"。

"马灯"呈圆柱体,外侧散发着暗淡的金属光泽。仔细看侧面,开着一扇四边形的窗户。凯莉握住圆柱顶部拧动后,透过四边形窗户能看到内部类似灯泡的东西。再加上顶部的金属细把手,看起来确实像个马灯。

凯莉把马灯递给玛丽,又从行李中拿出两件大衣,一件给玛丽,另一件穿到自己身上。大衣的下摆盖到脚踝,拉上拉链后,领子一直盖到眼睛下面。等再戴上兜帽,身体除眼睛外的绝大部分就都被大衣遮住了。

"从船头侧最前面的那个集装箱开始吧。凯莉,就位。"

听到玛丽这么说,凯莉沿着甲板中央集装箱林立的主通道一直走到船头附近。

"差不多就在这附近吧。"

接着,玛丽移动到离凯莉约五米远处,相对靠近船尾的位置。

"已就位,我们开始吧。"

凯莉闭上眼睛,大约五秒后,慢慢睁开眼,开始校准。

综合调查局增强调查室(CIBE)的调查员凯莉和玛丽接受的增强手术,扩大了他们双眼的可见光波长范围。特别是对于短波域的增强,植入视网膜的微型传感器能够接收可见光以外的光线,通过配置在盲点上的处理器将其转换成电信号,然后汇入视神经。

"好了——第五十次，成像波长域可达十皮米级。"

玛丽说完后，马灯开始嗡嗡低响。

"走吧。"

玛丽把马灯绑在腰后，然后慢慢地向船尾方向走去。马灯的声音越来越大——突然间，它像闪光灯一样闪了起来。

凯莉的眼睛捕获到附近集装箱和里面东西反射、散射、透射的光。波长和强度经过处理器处理，转换后的信号汇入视神经。显像的信号均在可见光范围内。

集装箱里的东西一览无余。这些集装箱像一个个小房子，里面装满了货物，像是过家家用的儿童玩偶，红茶包，还有些用途不明的管状组件。

随着马灯规律的闪光，凯莉跟着玛丽往前走。每走一步，周围的空间都会被凯莉扫描，暴露出其中藏着的东西。等凯莉走到船尾，集装箱的检查工作就结束了。

"集装箱检查完毕。计算后的图层都保存在'眼'的存储器中，回头也可以参考。"

"辛苦了，检查结果怎么样？"

"货物里面，像是人偶的内部，没有夹带其他材质的东西。总之，和清单一致。"

"没有遗漏什么东西吗？"

"我不敢说完全没有遗漏，但要在这样的检查中藏匿总计二十吨的东西，我想恐怕相当困难。"

"的确如此啊,好了,下面我们去船舱吧。"

两人下了楼梯,到船舱里继续调查。和甲板上一样,船舱的大部分空间都被集装箱占去了。除此之外,只有用来吸取和排放压载水的泵室,里面塞满了粗水管。

"压载舱里也没看到异样……只能看到密密麻麻贴在船底的藤壶……真恶心。"

"把海水抽进水箱时,会做过滤处理,一般不会有异物。据说处理是微生物级或真菌级的,毕竟如果跑到很远的地方直接排水,可能会给当地生态系统带来负面影响。"

"所以才会装了这么大的装置啊。"

两人走出泵室,像刚才一样,一前一后继续对集装箱进行检查。凯莉慢慢地跟随裹着身黑色外套、手提马灯的玛丽,仿佛是在进行什么魔法仪式。

"难得我们到海边来,不如在附近转转吧?"

透视调查结束后,玛丽提议。

直到最后,两人都没有发现集装箱里藏着清单外的东西,也没有发现船体的空隙中藏着东西。

"我不太喜欢大海……皮肤总感觉黏糊糊的……"

"别这么说,散一散步,也能整理下思路。"

经过一整天的调查,凯莉很是疲劳。不过,平时只是单纯用眼,并不会这么累人。

"好，那就散散步吧。"

周围已是一片漆黑，海面上波浪如争夺着月光般哗哗作响。夜突显出大海贪婪的一面，那大张着的黑暗之嘴仿佛要吞噬一切，静候着大意靠近的猎物。

"凯莉，你觉得是怎么回事呢？"

离开货船后沿着岸边走了大约两百米，玛丽问道。

这一路上，玛丽一直走在靠海的那边。凯莉说别做这样危险的事情，但玛丽不听。如果是平时，凯莉会再劝几句，但今天实在是筋疲力尽。凯莉想起恶灵，肩膀比平时更加沉重了。

——如果真的有恶灵，那么集装箱打开后，它们会去哪里呢？

凯莉摇摇头，想要摆脱这种想法。

"虽然说用吃水线测量重量的方法存在一定误差，但共计二十吨'恶灵'的误差也太大了。肯定有什么东西混在里面。然而，我的眼睛却没能看到。"

"的确，我们的眼睛是特制的。但或许正因如此，才会忽略了一些东西。"

玛丽凝视着凯莉，那双本应失明的眼睛好似看透了凯莉。

像夜里的大海那样——就在凯莉这么想的时候，她的视线边缘捕捉到了某种银光闪闪的东西。

它从海面上钻出来，飞向玛丽。

凯莉试图用眼睛迅速捕捉目标。

然而，周围太暗了，只能估摸出个大致的形状。

银光闪闪，似箭的某物。

它就像会聚起来的光线，划破空间刺向两人。

就算看到了它的动作，能否来得及阻止也是另外一回事。

已经连眨眼的工夫都没有了。

要赶上啊！

凯莉伸出手。

"凯莉……怎么了？怎么突然抱住我？"

"我不是说了嘛！不要走在靠海的那边啊！"

沙滩上深深地扎着一条银光闪闪的鱼。玛丽只比凯莉的胸部高一点，所以当急着要保护玛丽的时候，自然就变成了拥抱的姿势。

"银色的鱼！朝着您的头飞过去了！"

"可能是……等下，很疼的，弄疼我了凯莉，你太用力了。"

"啊，对、对不起……"

凯莉松开了自己紧紧抱着玛丽的胳膊。

"凯莉，那银色的大概是颌针鱼。它们具有趋光性，而且嘴尖锋利，可能会造成伤亡事故。"

说完，玛丽微微低头。

"还好吗？没受伤吧？"

"没事的,凯莉。多亏了你,我才没有受伤。我只是有些奇怪。"

"奇怪颌针鱼怎么会飞过来吗?"

"是的。"

"前辈刚才说过啊,颌针鱼有趋光性,所以就飞过来了。"

"那它飞向的光源在哪里?我们现在没有拿着马灯,难道我们手上还有其他可以作为光源的东西吗?"

"我想并没有……"

"颌针鱼非常胆小,所以当光线等刺激源突然出现时,它们会被吓得跳向那边。但我们刚才什么都没做,只是在海边散步罢了。难道是遇上了更胆小的……不对,其实是更勇敢的个体吗?"

勇敢。

凯莉突然回想起来。

对了,那艘船的名字就叫"勇敢之心"。

"处理压载水的过滤器,能去除溶于水中的盐吗?"

"不,我觉得做不到。如果不进行化学处理析出那些盐,恐怕很难过滤掉吧。"

"玛丽前辈,你觉得药对鱼和人一样有效吗?"

"虽然取决于作用机制和剂量,但我想药效大体不会改变……原来如此,这样的话……凯莉,我明白你在想什么了。"

"我马上给霍华德先生打电话。"

已经过了零点,但霍华德还是立刻接了电话。
"我是霍华德,有什么事吗?"
"开门见山地说,你应该赶紧逮捕船长,嫌疑为——走私毒品。"
"请、请等一下,这是怎么回事……"
"对不起,是我太心急了。让我来按顺序说明吧。首先,我们做的透视调查证明了两点。一是除了清单上的'恶灵',其他货物的重量应该都是正确申报的。另一点是,我们没有在船上的任何角落发现藏着的东西。"
"没错,调查结束后你们已经汇报过了。"
"这里的第二点是错误的,在压载舱里其实可以藏东西。"
"但是你们说,在压载舱里没有看到任何东西。"
"是的……正是由于看了,才会漏掉。我用眼睛看不到溶于水的东西。"
"原来如此!可是,为什么说'溶于水的东西'就是毒品呢?如果没有确凿的证据,很难抓人。"
"我记得你说过打开'恶灵'的集装箱后,还没有再次称载重吧?而且就连下次准备测量的具体时间也没有定。"
"是的,大概是受台风影响,海浪大到没办法测量。"
"没错,这点对他们来说是好事。通过排出压载水,就可以对上'恶灵'的重量。"

"如果是这样,溶了毒品的海水就会被排到周围。"

"我稍微查了一下,某篇论文里提到,污水中的精神药物会导致河流中生物的异常行动——比如药性诱发下丧失谨慎的本能。细节暂且省略,我们刚才在船附近见证了一条鱼的异常行为。虽然不能完全肯定,但船长很可能已经在排出压载水了。"

"我明白了!既然这样,查查压载水就知道了!我马上就去!"

之后的一切进展迅速。没过多久,霍华德就到了船上,随后会同作业员检查了压载水,果然检测出毒品阳性反应。这种毒品是水溶性的,对中枢神经系统起作用,会使人丧失"恐惧"。根据浓度计算出毒品大约有十五吨,其中五吨已经随水排掉了。

霍华德拿着测出阳性反应的试剂质问船长,船长很干脆地承认了自己走私。

"走私的方法是委托人教我的。我跟他说过,'这份重量会在检查载重时暴露的',结果他说,'离港后在装载清单上写上'恶灵'。如果在货物检查的时候装神弄鬼,港口的家伙就不敢随便开空集装箱了。仔细想想,你们怎么会因为这种事就不去开箱……是我被这笔巨款搞得失去了理智……什么?你们打开集装箱时我说的话?我老家那里经常有人那样说,用在这里正合适吧?"

之后,凯莉等人将船长移交给了警察。

调查结束后,两人开车返回综合调查局强化调查室(CIBE)。

开出K市大概半个小时后,坐在副驾驶上的玛丽说:"凯莉,这次你立了大功。估计这下子能找到十吨重的毒品。你能取得这样的业绩,室长也会高兴坏了。"

"谢谢……不过我总觉得难以释怀,好像漏看了什么。"

"你的感觉没有错,你的确忽略了一点。"

凯莉屏住了呼吸。

"是清单。你想想,真的有必要在清单上写'恶灵'吗?"

"啊……"

"没错,如果只是单纯走私毒品,只需要多申报一点其他货物的重量,很容易被算在测量误差内。为什么没有这么做呢?也许正是为了让人打开装着恶灵的集装箱。既然列在了清单里,就不得不打开它调查一下。"

"可是,为什么要让人打开呢?"

"霍华德先生说过,在打开装有恶灵的集装箱时,船长大喊着——"

不能打开!这些恶灵古老而强大,一旦打开并释放它们,就会给这片土地带来灾难啊!

"等一下,你相信他说的话吗?那明明是船长自己……而且,再减去毒品的重量,恶灵的重量不就等于零了吗?"

听到玛丽的话,凯莉差点忍不住踩下急刹车。

"但重量为零并不能判定恶灵就不存在吧?"

"话是这么说……"

"凯莉,我也并不是相信'恶灵'的存在。只是,我们的眼睛并不能看到一切,所以你也不能过于依赖眼睛。要时刻关注看不见的东西,就像这次的毒品一样。"

"好的……"

"啊,我当然不是在责怪你,这次你做得很好。没有用眼睛,而是靠想象力和知识才注意到毒品的存在。我很高兴,这件委托让你成为可以独当一面的调查员。"

"谢谢……"

"好了,赶快回去吧……接下来接个僵尸的委托怎么样?"

"我已经受够了。"

车内两人有说有笑的时候,收音机响了起来——

"前几天生成的台风,强度不断增加,正向K市逼近,预计明天的登陆将造成前所未有的破坏。气象观测局呼吁附近居民及时避难——"

也许是因为外面雨声逐渐变大,这条广播没有传到两人的耳中。

HOLMES AI-TYPEWRITE
by
Zhang Xiaojie

▽

福尔摩斯打字机

张晓杰 著

张晓杰，码农，热爱科幻、推理等类型文学。读书期间曾在《科幻世界》上零星发表《猫与讽刺小说》等短篇小说。最近在研究机器学习，有感而发写下此篇，希望大家喜欢。

本文为《银河边缘》中文版专发篇目。

一

从迈林根村落回来后,我很长一段时间都浑浑噩噩,茫然无措。除开诊所最忙碌的时间,我的思绪始终游荡在莱辛巴赫瀑布[1]的黑色峭壁上。在妻子玛丽的劝说下,我克制悲痛,写下了《最后一案》,为挚友的惊奇冒险画上沉重的句号。然而接踵而至的读者来信,却把我骂得更加自责抑郁。

每一天,我都为自己没有在关键时刻陪伴福尔摩斯左右而感到羞愧。隔三岔五,我都会回到贝克街,回到那间被大火焚烧过的公寓,闷闷不乐地待上一整天。

房东哈德森太太对我说:"华生医生,你不能一直这样下去。我听一位年轻的朋友说,现在白厅里的新贵在亲朋好友逝世时都会去找那些差分机工程师。他们能够制作一款新型的智能打字机,它可以像逝去的亲友一样和你进行交流。或许你应该去趟蒸汽街,找那群机械师制作一个。"说着,她给了我一

---

[1]. 位于瑞士境内迈林根阿尔卑斯山的一处瀑布。《福尔摩斯探案集》原著中,福尔摩斯和莫里亚蒂一同坠入了这处瀑布。

个朋友留下的地址。

循着地址,我找到了坐落在蒸汽街西北侧的一间工作室。这是一间两层楼高的差分机工作室。一楼是展柜,二楼则是机械师工作的地方。齿轮啮合的声音从屋里传出,不时夹杂着蒸汽的蜂鸣,犹如一辆无法行走的火车。玻璃橱窗内,精致的玩偶重复着迎宾动作,下方一列列黄铜色的齿轮隐约可见。

一推开门,水蒸气就从门缝涌出,迅速消散于雾气弥漫的街道。

店主是个大腹便便的中年男子。他热情地迎接我,用充满激情的声音向我介绍各种精巧的机器:"这一台定理推导机,能够自动证明二十七条几何定理。而那一台土耳其象棋手,用的算法已经能够和欧洲象棋冠军打成平手了。"见我没什么兴趣,他问道:"这位先生,请问你想要买的是一台什么样的差分机呢?"

我说:"我想为逝世的朋友定制一台智能打字机。"

"啊,智能打字机,当然,现在上流社会最流行这个了。"他上下打量起我来,犹豫片刻后说道,"可是,我们的智能打字机一般是给贵族和政要制作的,所以收费会比较高。"

"要多少钱呢?"

"最基础的模型,也要五十万英镑起算。"

我不太敢相信听到的数字。这笔钱,把诊所卖掉我也拿不出来。

他继续解释道:"这个价格已经很实惠了,先生。我们不但要对你的朋友进行形而上的逻辑分析,而且要调研他的为人处世,为他独有的思维定制特殊的逻辑规则。你得明白,白厅要制作一台智能打字机,投入的成本可远远不止这点。"

"用这些蒸汽引擎驱动的差分机,真的可以复刻出像我朋友一样思考的智能吗?"我问道。

他自信地说:"机械师里有一句至理名言:智能就是一千万条规则。每一台定制的智能打字机,规则都是不一样的。每一条规则,都是由大量写满语义的圆孔纸带、传输数据的齿轮以及负责驱动的蒸汽引擎嵌套形成的。当然,如果你想要简单版的,只是符合他语法习惯的话,那么价格可以再低点儿。"

即使有大量和贵族打交道的经历,五十万英镑对我来说依旧是不可想象的。我推托说要再考虑一会儿,店主礼貌地笑笑,似乎对囊中羞涩的顾客已见怪不怪。

在过去的冒险中,我们最大的几笔收入来自《波希米亚丑闻》和《绿玉皇冠案》,数额也不过是一千多英镑。我思忖着走回街道,天空阴霾密布,一副即将大雨倾盆的样子。

一个穿着灰色西装外套、戴圆框金丝眼镜的中年男子从街道对面走了过来。他在我面前站住,下定决心似的问道:"先生,你是在找人定制智能打字机吗?"

"偷听是不道德的行为。"我不快地看了他一眼后,迅速走开。

他慌忙跟上。"不是你想的那样，我认得你，华生医生。我是你最忠实的读者，你发表的每个案件我都读过好几遍，尤其是《最后一案》，对福尔摩斯先生的不幸我深表遗憾。我叫亨利·沃克，是住在街对面的差分机教授，刚刚看到你出现在这里，我猜一定是想为福尔摩斯定制一台智能打字机。"

"你有一双善于观察的眼睛，沃克教授。"我停下来说，"可惜智能打字机的价格是我远不能承受的，除非你可以把价格降低几十倍，否则我连考虑的必要都没有。"

"不需要那么多钱，华生医生。这些符号主义者把事情弄复杂了，他们非要为每个人都定制单独的规则，这不但费事，而且需要大量的齿轮和穿孔纸带。他们常说，智能就是一千万条规则，但是一条规则就要十几列齿轮来实现，又该如何做出一千万条规则呢？所以，他们从来都只是提供玩具一般的简化版，然后哄骗顾客继续不间断地投入。"

"那你有什么见解呢？"他的话勾起我的好奇心。

他从口袋掏出一个小盒子，里面隐约可见密密麻麻的齿轮，以及一根能够左右摇摆的单杆。"这个东西叫感知机。它的功能很简单：输入多个参数，它经过计算判断是或者不是，然后把结果传递到输出摇杆，输出0或者1。这就是世界上一切二分类问题的基础模型。无论是地产价格预测，还是天体运行轨迹的绘制，抑或侦探对案件真凶的判断，最后都能够归结为这个模型。正是因为它，我才不用像那群符号主义者一样，给每个人都单独设定一套规则。你别看它很简单，只要有足够多的感知机组合在一起，就能够无限拟合到真实的模型。"

"用一个这么小的盒子就能够复刻出福尔摩斯的智能吗？"我表示难以置信。

"不是一个，是一群，是像蜘蛛网一样相互关联的一群感知机。"沃克教授郑重其事地纠正道，"不过，我并不能复刻出福尔摩斯的智能。我不想像那些符号主义者一样吹嘘说，可以不断新增规则，来塑造一个和人类一样思考的智能模型。不，华生医生，那样投入的成本太高了。我能做的，只是保留他的直觉。"

"直觉？"比起模拟智能的打字机，保留直觉听起来更像是古老的巫术。我不禁皱起眉头。

然而他却自顾自地兴奋起来，滔滔不绝道："是的，直觉！你明白吗？直觉是唯一重要的东西！在任何学科，直觉都是非常关键的。当一个人对一项学科有足够的钻研，他就会在漫长的研究中形成自己的直觉。对一门学科形成了直觉和没形成直觉，是截然不同的两种状态。在论述专业知识的时候，没有形成直觉的人只会人云亦云、照本宣科，让人听得云里雾里，实际上他们自己也不明白事情的来龙去脉。而有直觉的人，则能够用最简单的语句让你明白事情的真相。这些直觉，有的是业界公理，有的则是难以证实的推论。有的很幸运地被记录下来，形成人类共有的直觉；有的则只在周围的同事之间心照不宣地流传。但更多的则是默默无闻，仅偶尔在和亲朋好友的交流中流露出来，最后随着他本人的逝世一起消失在历史的长河之中。"

他连篇累牍地发表言论，全然不顾我这个唯一的听众是否能够跟得上节奏。他用力地抓住我的肩膀，说道："华生医生，福尔摩斯是探案的专家，这是极度依赖直觉的领域，我相信你在和他共处的时间里，能够感觉到他在关键时刻做出的下意识判断是多么不可思议。现在，我们可以用感知机，把这些直觉记录下来，让这些直觉永久地成为人类文明的奠基石，这价值是多么难以估量啊！"

我说："直觉固然很重要，但记录直觉这种事情，听起来还是太过虚无缥缈。"

"记录直觉的背后可是严谨的数学公式，"他坚定不移地说，似乎对类似的质疑早已司空见惯，"如果你需要，我可以给你提供每一步的数学证明，华生医生。我已经制作了不少的感知机配件，也组建好了多种感知机网络模型。现在唯一的问题是，需要海量的数据进行训练。而你正好有大量的案件记录文本。感知机的判断参数，正需要通过海量文本不断训练才能够调制出来。如果你感兴趣，我就住在对面的那栋公寓，明天请带上你能找到的所有福尔摩斯的办案记录，我们再进一步详谈。"

翌日清晨，我带着一大箱福尔摩斯探案笔记，来到沃克教授所指的那栋黄色公寓楼房。我按下门铃，开门的是一个十一二岁的小女孩，她说她叫凯瑟琳，是沃克教授的女儿。她一边带路，一边好奇地问道："福尔摩斯真的掉进瀑布了吗？你觉得他有可能从里面游出来吗？"

我对她说，福尔摩斯是我见过最聪明的一个人，但是我不认为他能够从莱辛巴赫瀑布中游出来。

"不，你犯了个错误。"她斩钉截铁地抗议道，"我爸爸才是你见过最聪明的人。"

沃克教授在三楼的工作间。房间内弥漫着浓重的水蒸气，靠墙摆放着两排置物架，上面堆砌着各种齿轮和转轴组合的模型。中间窗台前是一张宽大的黑胡桃木长桌，散落在桌面的草稿纸上绘满晦涩难懂的数学符号。

他招呼我来到窗台前，看着大街上熙来攘往、川流不息的人群说道："华生医生，身为一个作家，想必你一定习惯于观察行人吧。"

"只是偶尔，并没有养成习惯。"我说道，"不过福尔摩斯倒是经常做这件事。"

沃克教授感兴趣地问道："你还记得他都观察到了些什么吗？"

"几乎是方方面面，无论是年龄大小、家庭情况，抑或职业薪酬、生活习性。"我回忆道,"福尔摩斯的直觉很准,通常只要一眼,就能把对方的生平事迹娓娓道来,仿佛他认识这个人许久一般。"

"那你的直觉如何呢?"沃克教授追问道。

"和福尔摩斯比起来,我就差远了,"我坦诚地说,"有好几次他和我一起比赛观察陌生人,我都只能说出一些表面皮毛,洞察到的信息远远不如我的老友。"

"我不需要你给出这么多信息,华生医生。"沃克教授指向一位站在报摊前的高大女人说道,"你只要告诉我,你觉得这位女士是胖还是瘦。"

我仔细打量了下那个女人。她穿着紧身胸衣和拖地长裙,肩膀圆润,四肢丰满,宽边帽下藏着一张丰腴的脸庞。"这位女士看起来稍微胖了一些。"我回答道。

"很好,那这位骑车的信使呢?"他指向街道另一边。

"这位看起来是个瘦子。"我看向那个疾驰而过的身影说道。

沃克教授微笑道:"非常好,华生医生。这个世界上并没有胖子和瘦子的明确界定标准,但是当我们看到一个人,却能够得出这个人是胖是瘦的结论,这就是直觉。你虽然不能依据直觉判断一个人的职业,但是你的直觉已经告诉了你许多事情。直觉这个东西,早已经渗透到生活的方方面面。说到底,直觉不过是将过往的经验抽象化。"

接着,他抽出一张崭新的草稿纸平铺在桌面上,拿起笔在纸上画了一个十字坐标系，自问自答道："如果我们要用数学来模拟直觉的判断，该怎么做呢？我们可以把这些人的数据画在以体重和身高为坐标轴的二维坐标系里。然后，我们用三角形表示瘦子，圆形表示胖子，把这些人的数据都画在坐标系上。"

他在坐标系里画上一些零星的圆形和三角形，然后在两种图形中间画一条直线，说道："我们的目标，就是找到一条分界线，能够恰好把这些胖子和瘦子分开。如此一来，当有新的数据，如果它位于这条分界线的上方，就能判断出是胖子；位于分界线的下方，就能判断出是瘦子。这就是感知机起到的作用。"

"恕我直言，沃克教授，这听起来并不新奇，一个线性函数就能做到这样的事情。"我说道。在伦敦大学攻读医学博士学位的时候，我稍微涉猎了一些数学的基础概念。线性函数正如他所画的那样，是横亘在坐标系里的一条直线，这是现代数学里最初级的内容。

沃克教授并没有感到冒犯。他语气平和地解释道："然而，现实世界的问题，往往不是一个线性函数能够解决的。在现实世界中，我们界定一个人是胖子还是瘦子，判断背后的依据其实是一个很微妙多变的标准。比如说，一个小婴儿的体重和身高比例，和成年人显然是不一样的。从而，婴儿的胖瘦判断标准，和成年人也完全不同。因此，当身高小于一定数值的时候,这条线就不能这么画,而应该重新画一条直线。"他在靠近坐标轴的地方重新画了一条直线,和原来的线条结合成了一条折线。

"这也不过就是一个分段函数。"我说道,对感知机的开创性还是保持怀疑态度。

教授并不气馁,继续解释道:"而同样的道理,青少年的判断标准也是不一样的,当身高在一定的范围内,这里又需要重新画一条线。"沃克教授把直线再折了一下。

"那就是把函数再分一个段吧。"我试探性地说道。

"是的,确实可以继续分段。然而华生医生,你是否发现了,当我们为了不同的群体而去不断地把这个函数分段,这条直线就变成一条曲折多变的线条,不再是一个线性函数所能够表达的了。"沃克教授说。

"确实,这看起来很像是一条曲线。"我思忖着说。

"但这条曲线的函数定义是什么呢?我们并不知道。"沃克教授说,"我们所拥有的,仅仅是一个人的身高体重数据,以及我们对他们做出的胖瘦判断结果。我们刚刚依据身高来分段,这也只是一个我提前告诉你的先验信息,或许还会有许多其他的特征来影响我们对胖瘦的界定。假如我们不知道这些关键信息,那又该如何分段呢?"

我沉默不语。确实,要找到一条直线的函数定义是很容易的,而寻找一条不规则线条对应的非线性函数定义则很难。实际上，是否存在这样的函数，也是个未知数。

见我不说话，沃克教授接着道："这样的问题，单个感知机也是做不到的。解决办法是，在每个感知机的后半部分添加一个激活模块，把单个感知的线性输入，转换为非线性的输出，传入下一个感知机。这样就可以把单层感知机所代表的线性函数变成多层感知机的非线性函数，从而拟合任意形状的线条。这就是感知机神奇的地方。"

他拿起一个感知机，举起来向我展示道："感知机的主要部分，就是一个线性函数模块加一个激活函数模块。单个感知机只能做出线性的判断，就像是在二维平面中画出一条直线，在三维空间画出一个平面，或者在更高阶的维度中画出一个高阶平面。而多层感知机，联合起来的效果，就会变成一个分段函数，就像是在二维平面中画出一条折线，三维空间中画出一个阶梯般的折面，或者在更高阶的维度中画出一个高阶折面。通过改变激活函数模块，这些折面也可以变得圆滑，从而看起来像是曲线、曲面或是高阶曲面。"

他向我展示了一下，通过调节感知机的参数，让一条直线不断进行对折，从而逼近任意的图形。接着，他又说了一堆我听不懂的诸如损失函数、梯度下降、先验概率等数学名词，试图让我弄清楚，感知机是如何通过微分方程逐步降低计算误差的。看着稿纸上渐趋复杂的线条，我不禁感慨，如果依据我对胖瘦的判断绘制成的线条已经如此复杂，那么福尔摩斯对案件的判断又会绘制成什么样子呢？

我不再对沃克教授的感知机持怀疑态度，打开牛皮行李箱，把一整沓福尔摩斯的探案笔记交给沃克教授。我补充说明道："这些是我为福尔摩斯这几年探案整理的笔记。有些是已经出版的，有些是刚整理出来还没来得及出版的，还有更多的则是潦草的过程记录。这些记录没有经过斟酌，如果有不符合文法的地方，希望不会造成不便。"

沃克教授翻动起笔记，没有对我的文笔进行批判，而是略带失望道："只有这些吗？"

"这一整沓笔记还不够吗？"我难以置信地说。

"训练集当然是越多越好，"他边估算稿纸的数量，边说道，"不过，你提供的是对单一领域的集中记录，大概是足够了。"

我问："你需要这么多文本来做什么呢？"

他回答："简单来说，就是输入大量文本数据，来不断逼近福尔摩斯的思维方式。"

"可是我也不知道福尔摩斯是怎么想的，怎么判断是否逼近了他的思维方式呢？"

"虽然没有人知道他的真实想法，但是这些笔记记录了他的真实判断。我们不断输入各个案件文本作为参数，各个感知机会提取不同的参数变成特征值，比如案发时间、案发地点、嫌疑人信息、受害者信息，等等。这些特征值在各层感知机里进行多次汇总，最后输出对案件真相的一个判断。在训练的时候，我们会检查判断结果和他的判断是否一致，然后通过反向传播算法，反过来调整各个感知机的特征系数，从而提高判断和真实判断相似的概率。"

"你是要训练到所有案件的判断结果都和他的一致吗？"

"不是的，过度拟合反而会出现问题。我们只要让判断大概率保持一致就可以了，这样训练出来的模型才是泛用度最高的。"

"什么叫大概率保持一致？"我疑惑道。

"也就是，前五次判断，有一次判断是正确的，称为前五准确率。"

我倒吸一口凉气。"寻找真凶可不能判断错误四次。"

"是的，当然。"他说，"所以我会把模型尽量调整到前三准确率。"

几个星期后，我收到了来自沃克教授的包裹。这是一个行李箱大小的差分机，和普通差分机不一样的是，它把大部分齿轮隐藏在一个个感知机里。感知机错落有致，每一层感知机的输出杆和下一层感知机的输入进行咬合，形成一张相互联结的扇形网络。这张复杂的网络罩在一个透明玻璃盒中，左右两边各配备一个蒸汽锅炉引擎，再上面则是一台传统的打字机。

妻子玛丽好奇地问："你买了台新型打字机吗？"

"这不是普通的打字机,它的金属按键除了连接字模臂,还通过打字杆和底下的差分机进行连接。"我边看说明书边说,"按下的每一个字母,除了在纸上打印出来,也会作为参数传给玻璃盒里的感知机网络。当打完字后,拨弄侧边的演算杆,差分机就会开始运转,把打过的字作为输入,进行复杂的运算,最后驱动打字机把结果打印出来。我想可以把它称为福尔摩斯打字机。简单来说,在打字机上输入案件,它就能输出符合福尔摩斯直觉的判断。"

"这太神奇了,"玛丽瞪大双眼,"我可以试试吗?"她对新事物充满了好奇心。

她在打字机里写下《四签名》的大致过程,从玛丽初次到贝克街进行委托,到伦敦郊外彭迪切利别墅的夜访,再到发生在樱沼别墅的惨案。她问我是否需要把案件发生后,我和福尔摩斯追查凶手的事情也描述在内。我告诉她不用,但是要把关键的信息都描述清楚,尤其是她从父亲书桌里发现的那张写有四个签名的字条,以及别墅窗台上圆形的脚印。在反复修改并确认无误后,她拨动了打字机左侧的演算杆。在蒸汽引擎的驱动下,各个齿轮开始转动,整个感知机网络都运转起来。没过多久,字模臂悬起,压纸滚筒缓缓转动,一行行单词自动打印出来。她读完结果,皱起眉头,气愤地看着我。

我问:"怎么了,玛丽?"

"你看看它说的是什么!"她指着稿纸说,"亲爱的华生,毫无疑问，凶手是玛丽·摩斯坦小姐。"

"这当然不是真的，"我连忙解释道，"我忘了告诉你，它只能保证前三次里有一次是准确的。"我和玛丽是在《四签名》案中认识的，现结婚已有数年，对她的秉性自然是再了解不过。

她气鼓鼓地再次把案件进行输入，重新拨动演算杆，随着齿轮啮合声再次响起，差分机开始了新一轮的运算。不久后，打字机缓缓打出一行字：

亲爱的华生，毫无疑问，凶手是乔纳森·斯茂先生。

玛丽惊奇地看向我："它真的能找到凶手！"

接着，我试了《血字的研究》，它在第一时间就正确判断出凶手是车夫。不过，它将《红发会》和《希腊语译员》的凶手也判断成了车夫。车夫这一在现实中最不起眼的职业，由于在笔记中出现的次数过多，反而成了高概率的凶手。

虽然判断失误率很高，但是我仿佛在无形中，真的看到了福尔摩斯那张冷峻的脸。我一整天都在不断地输入案件进行测试。玛丽没有打断我，直到深夜才过来催促我休息。

我说："依据这台差分机，《五粒橘子核》的信件是我寄出的；雷斯垂德曾犯下《荷兰苏门答腊公司案》；福尔摩斯则是《斑点带子案》和《证券经纪人的书记员》的幕后真凶。"

我们都哭笑不得。

"这显然不能用来破案。"我说道。

"却是一个缅怀故人的好办法。"她说。

我写了封测试反馈给沃克教授。在信件中我指出,单纯直觉性的判断是没有意义的,即使能够在三次中有一次判断得和福尔摩斯一样。这样的直觉既没有逻辑,也无法得到验证。虽然如此,我依然心生感激,因为在和差分机交互的过程中,我眼前仿佛重现挚友的音容笑貌。

二

在那之后,生活变得平凡起来,我开始重新投身于诊所的事业当中。

有一天,玛丽告诉我,她看见雷斯垂德探长正从楼下经过。我突发奇想,把探长喊上来,问他最近是否有什么有趣的案子。他说确实有一个他觉得福尔摩斯会感兴趣的案子,可惜福尔摩斯已经不在了,他只能自行琢磨。我请他细细道来。

"前几天,有一位男士报案,说他被雇用去做文书工作,却没想到是做黑工。他被马车带到荒野外的一间屋子里,囚禁长达两个星期,无论如何都不让他回家,最后他趁雇主不在,偷偷跑了出来。"

"他有说是做什么吗?"

"他说他一直被关在一个房间里。有人会把一些纸条送进去,那些纸条上面有用汉字写的一个问题,他的任务是再用汉字把回答写在纸条背面。"

"都是些什么问题?"

"他也不知道,他并不懂中文。"

"不懂中文怎么用汉字写回答?"

"这就是荒唐的地方,华生医生。他说房间里有几排书架,上面堆满了用英文写的手册。这些手册会指导他看到什么样的汉字,要写什么样的回答。他就是这样一本接一本地翻阅手册来寻找答案的。他说他不懂中文,连字都是对着手册画画一样描上去的。"

这确实是福尔摩斯会感兴趣的案子。他总是说,"荒唐"这个词的深一层含义往往就是犯罪。

出于好奇,我把这个案件描述输入到福尔摩斯打字机。雷斯垂德问我在做什么,我给他解释了福尔摩斯打字机的原理,并告诉他,打字机对过往案件,是如何精准地在三次内输出和福尔摩斯一样的判断。他连连摇头,说如果蒸汽和齿轮能够断案,那么苏格兰场的探长们就要失业了。几分钟后,打字机缓缓输出回应:

亲爱的华生，毫无疑问，凶手是马车车夫。

"我看不出这样的回答有任何意义。它给我的感觉比苏格兰场最初级的侦探还要糟糕。"雷斯垂德评价道。

我表示同意。现在甚至连命案都算不上，凶手更是无从谈起。我意识到，所谓的福尔摩斯的直觉，不过是对过往笔记和输入问题的拟合。这就好像在狮子群里看到一头大象，非得给它蒙上狮子的毛皮，然后告诉大家这也是森林之王一样。我打圆场说道："或许是线索不足吧。当信息匮乏的时候，它只能这样一本正经地胡说八道。"

"它就不能直接说它也不知道吗？"

"我想它不能，它并不知道自己不知道。"

"报案人洛克伍德先生就住在附近，我找人请他过来一趟吧。"探长说。

过了半个小时，来了一个又肥又矮的人，浮肿的脸庞和苍白的肤色表明他已经有一段时间没有户外活动，说话的口音则显示出他受过良好的教育。他热情地和我握手，表达对能有专家跟进他案件的喜悦。当得知我只是来了解案件时，他的双眼流露出难掩的失望之情。

"我所遇到的谜团，恐怕福尔摩斯也难以破解，"洛克伍德悲叹道，"我从来没听说过这样的事。但我知道，除非能够弄清楚这背后的真相，否则我心里是绝不会平静的。"

"我洗耳恭听。"我说。

"事情开始于一个月前。我从前是政府部门的一名文员，主要做考勤表格、文档整理之类的工作，虽然工资微薄，但胜在清闲自由。然而，随着巴贝奇勋爵的差分机在政府机关推行开来，我这种不起眼的文员也就理所当然地被蒸汽齿轮替代掉了。为了找工作，我每天焦虑不安地流连在雇佣市场附近。直到有一天，一个中年男子找到我，说有朋友评价我是一个查找资料效率很高的文员，问我是否有意愿去他那里做文档整理的工作。他高高瘦瘦、两鬓花白，看上去年龄介于四十到五十之间，面容显得比他这年纪应有的还要憔悴。我问他是什么样的文档。他说不过是一些异域符号，需要按照规范进行整理。他给出很高的薪水，我高兴地答应了下来。现在回想起来，他当时还认真地向我确认是否真的不认识中文。当我回答一个字都不认识的时候，他却显得异常满意。

"第二天，他坐一辆双轮马车来接我。马车的两边窗帘是拉着的，我看不到外面，问他是去哪里，他则沉默不语。马车跑了将近一个小时，我不时找几句话来打破旅途的沉闷，但他只是用只言片语来搪塞我。最后，我们停在一处庄园的门口。我刚一下车就被他带进大厅，连环顾四周的机会都没有。

"庄园年久失修，斑驳的石墙显露出岁月的痕迹。我们走上二楼，来到走廊尽头的房间。和破旧的庄园相反，房间中林立着崭新的书柜，就连架子上一排排的手册也弥漫着刚印刷的气味。他拿出一张纸条，写上几个符号，然后向我讲解如何使用书柜上的手册，一步步索引到一段新的符号上。一开始他还不愿意透露那些符号的意义，但是我正巧几天前参加过一次国际文字编码的面试，一眼就看出那些勾勾画画是汉字。他对我的见多识广并没有感到惊讶，反而显示出略微的不耐烦，并且再次确认了我是否真的不认识中文。

"看他使用那些手册的时候我还是感到莫名其妙，但自己实操起来则要直观得多。我按照手册的指引一步步进行检索，很快就写出和他几乎一模一样的中文应答。他对我的学习能力感到满意。我问要怎么开始整理汉字符号，他说等到晚上会把中文字条从门缝塞进房间，到时需要我通过手册查找对应的汉字符号，然后写到纸条背面，再从门缝塞出去。这和雇用我时的说辞并不相符，我开始感到不对劲，但是他承诺只要今晚完成任务，就能够获得丰厚的报酬，于是我欣然答应了下来。

"我兴奋地在房间中待着，时不时拿起手册来练习。不久，我听到马车离开的声音，我想打开门去看个究竟，却发现门不知何时已经被锁了。废旧的庄园一片寂静，让人不禁感到慌乱。我在房间中四处搜寻，意外发现了一本陈旧的汉字练习字帖，在字帖中夹着一张女孩的照片。女孩看起来二十出头，皮肤白皙，双眸淡如清水，鼻子十分标致。她正值妙龄，不知为何眼神却透露出一丝哀伤。

"随着夜幕降临,我开始胡思乱想起来。我不确定自己是找到了报酬不菲的工作,还是落入了凶恶的匪徒手中。这个雇主确实形迹可疑。但是作为一个一穷二白的失业文员,我身无分文,也找不到匪徒盯上我的动机。而且从雇主的言谈举止看来,他更像是个受过高等教育的绅士。直到傍晚,就在我认为自己被抛弃的时候,马车声再次响起,我听到几个人进入大厅的声音。

"楼下时不时传来走动的声响,但是我没听到任何对话。我开始不耐烦起来,大声质问雇主为什么要把我关在房间,并且不断撞击房门。不久,我听到上楼的脚步声,紧接着门外传来雇主低沉的声音:'我一会儿把纸条塞进来,你记得按照我的指示去做,否则的话,就准备一辈子被关在这里吧。'他说话的语气淡定自若,和之前一样温文尔雅,内容却蛮横凶悍,让我不寒而栗。

"不一会儿,有人从门缝塞入一张纸条。我犹豫了一下,还是决定按照他的指示去做。我一边查阅手册,一边后悔不已。我誊抄完对应的汉字,把纸条又塞了回去。没多久,我收到了第二张纸条,接着是第三张、第四张。传进来的汉字劲骨丰肌,而我却写得歪七扭八。但是我顾不上这些,只希望对方能够早点让我回去。

一段时间后,我意识到门缝已经有一会儿没有纸条传进来。我犹豫地轻声询问是否已经结束,能否放我回去,回应我的却是马车再次离去的声音。庄园再次陷入寂静，我忍不住大声咒骂起来。正当我陷入绝望之际，门打开了，雇主眉头紧锁，走了进来。我向他索要报酬，并且斥责他不应该把我锁在房间里面。他疲惫地说：'我很抱歉事先没和你说明。感谢你今晚的配合，但是我不得不告诉你，事情并没有解决，你需要在这里再多待几天。'我气愤地表示要回去，他说这样的话就不会给我任何报酬。相反如果我愿意多待几天，他愿意每天都给我支付相同的薪资。这将会是一大笔钱，我被他说动了，最后同意在这里再待一个星期，但是不能再把我锁在房间。

"三天后的一个下午，他再次带人回来。这次我很快就收到了纸条。相比之前，这次纸条写了很多字，密密麻麻的汉字占满了一整面。依据规则，汉字越多，我需要索引的手册就越多，应答的规则也会越复杂。不过幸好，要写的回应并不算多。就这样，我处理了几张纸条，门外再次陷入寂静。我偷偷把门打开一条缝，看到雇主，以及他旁边站着的一个长着亚洲面孔的青年，后来我才知道他是中国人。他没有像一般中国人那样扎辫子，而是披散着细碎的短发，一身古朴的青布衫和外界显得格格不入。雇主送走青年，再次上楼。相比上次，他这次显得轻松愉快。他告诉我，任务就快成功了，叫我耐心待在这里，过几天再配合他一次就行了。

"然而，几天过去，我并没有等到任何消息，那名中国青年也没有再过来。我向雇主抱怨，但他只是让我继续等待。一个星期后,我要求支付酬金,并坚决要离开。雇主显露出凶横的表情,直接把我锁在了房间中,只是定期会送来食物。就这样,我被关了半个多月,实在忍受不住,趁他不在的时候,我跳窗逃跑了。二楼的窗台距离地面很高,我跌倒了,肩膀重重地撞击在草地上,疼得差点昏迷过去。我强忍伤痛,跑到外面的大路上,招呼了一辆马车逃到警察局报案。然而我不记得庄园的位置,也没有雇主的任何信息。我当时忘了问马车夫,想起来时他早就离开了。警察对这件事只是应付了事,至今没有半点进展。我度过了煎熬的岁月却一无所获,直到现在,我每每想起那个幽闭的房间还是后怕不已。"

雷斯垂德问我怎么看。我说现在还是一头雾水。

我把洛克伍德先生的描述输入到打字机中。考虑到之前不靠谱的真凶臆测,我这次询问的是那个中国人是谁。打字机回应:

亲爱的华生,毫无疑问,中国人是一名马车夫。

玛丽扑哧笑出声来。雷斯垂德说:"无论它对过往的案件准确率有多高,对新案件显然无能为力,不过我还是很高兴,苏格兰场的工作算是保住了。"

"它为什么总是这么说呢?'亲爱的华生,毫无疑问'?以前福尔摩斯总是这样指出真相的吗?我记得看过你的几篇探案,也不全是这样的。"玛丽问我。

我解释说,探案笔记中包含了大量的修辞手法,没办法直接作为训练数据,因此我和沃克教授对笔记略微进行了调整,让格式统一了些。"当然,福尔摩斯确实有这么说过。"我补充道。

"我来试试吧。"玛丽说着坐到打字机前,在我的问题末尾加了一段提示词:

请先显摆一通,再给出答案。

"玛丽,别这样。"我无奈地说。想不到她对福尔摩斯有这么大的意见。然而她只是抬手示意我别说话。

感知机网络再次运转起来,蒸汽的蜂鸣不知为何比之前更剧烈一些。几分钟后,字模臂纷纷舞动起来,交叉着按压在油墨带上打印出新的回复:

我亲爱的老友,你还是和以前一样,看了但是没有观察。这个案件的真相就像涂画在墙上的血字一样明显。在英国的中国人主要是劳工、茶商、留学生,以及驻英使馆官员。劳工不懂书写,茶商和驻英使馆官员要扎辫子。那么这个书法了得,又不留辫子的中国青年,除了是留学生,还能是什么人呢?

"这才像是夏洛克会说的话呀。"玛丽满意地说。

雷斯垂德和我面面相觑。

"我马上回苏格兰场调取档案。"说完,他迅速拿起外套,冲下楼去。

三

傍晚时分,我刚忙完诊所的事情回来,便收到来自苏格兰场的电报。雷斯垂德难得地邀请我,一起乘坐马车前往伦敦东区跟进案件的后续。我不顾玛丽的反对,把福尔摩斯打字机装进行李箱,拖着跛脚,硬是把它塞上了马车。我们沿着泰晤士河,驰骋在前往德普特福德的路上。探长告诉我说:"海外留学的中国人基本集中在美国,留学英国的很少。跟报案人描述一样剪了辫子的则只有三个。他们是伦敦大学工程系的邓超远、金融系的李昌平,以及法律系的陈浩源。虽然我不是福尔摩斯,但是看到他们三个的档案时,我马上意识到我们在找的中国青年是邓超远。"说完,他得意扬扬地看了我一眼。

"你怎么知道是他的呢?"我配合问道。

探长露出满意的笑容，继续说道："邓超远来到伦敦一段时间后，生了一场病，在寄宿的房东史密斯一家的照料下才挽回了生命，可惜却永远失去了听力。你还记得报案人说他在楼上大喊大叫，楼下却平静如初吗？这就是为什么，因为楼下的那个中国青年，是一个聋人。而史密斯先生的长相，和洛克伍德先生描述的也基本一致。"

"非常精彩的推理，我相信福尔摩斯也会为此感到赞叹。那你们有找到邓超远吗？"

雷斯垂德叹了口气，说："找到了，可惜晚了一步，找到的是他的尸体。"他从公文包里拿出一份笔录，大致描述了事情的前因后果。

一个月前，邓超远因为失聪，被留学事务局召回国内。房东史密斯先生对此颇有异议。他是一位蒸汽机高级工程师，宣称在他的帮助下，邓超远即使丧失听力也能完成学业。

但是来自清廷的官员显然不这么认为。留学事务局的负责人容仪表示，安排出国的每个留学生，都是朝廷缩减开支资助起来的。他们每一个人，回国后都要站朝堂之上侍奉君王。而如今邓超远既已失聪，就和朝堂失之交臂，不再值得朝廷为之花费一分一毫。

我问："那为什么不放任他留下来呢？即使失聪，这个年纪的青年应该也有能力自给自足。"

"史密斯先生也是这么说的，"雷斯垂德回答道，"不过答案显而易见,在他们朝廷看来,每个学生都是一份资产,就算坏了不用,也要拿回去榨干。"

邓超远从十二岁开始就在英国留学。这么多年来,他在这片常带着雾气的国度里成长,学会了用红茶来抵御冬日的严寒。对他来说,英国应该是更为熟悉的家园。他一开始也坚持要完成学业再回去,并且抗争了一段时间,甚至一度扬言,如果要强行把他带回遣返,他就干脆自我了断。容仪为此专门给他做了一段时间思想工作。不知道是什么原因,这个连死亡都不惧怕的年轻人,最终还是接受了召回的安排。他跟随容仪安排的官兵,乘火车去港口。在火车出发半天后,官兵突然发现他失踪了。他们回学校和寄宿家庭找过,哪里都没找到他。对比洛克伍德先生描述的经历,他应该是两个星期前返回了伦敦,然后又去找了史密斯先生。

我表示不解:"他怎么敢回到寄宿家庭,不怕被发现吗?"

"因为那里有他不得不回去的理由。"雷斯垂德从包里拿出一张照片递过来,"他的恋人卡米尔·史密斯。"

这是一张二十岁左右女孩的半身像。她长着小巧的鹅蛋脸,身穿精致的束腰连衣裙,青丝垂落及腰,雪白的肌肤犹如象牙一般熠熠生辉。

"洛克伍德先生似乎提到过,他在中文房间的旧字帖里找到过一张女孩的照片。"我回忆道。

雷斯垂德回答:"我们让洛克伍德辨认过照片,确实就是她。"

邓超远寄宿在史密斯家后不久，就和卡米尔相恋了。史密斯先生考虑到邓超远学业完成后要回国，一直不同意他俩交往。后来，邓超远承诺毕业以后，他会申请驻英大使馆的工作留在伦敦，史密斯先生这才答应让他们在一起。

半年前，伦敦大学流行起传染病，邓超远在一轮疫情中不慎被感染，身体状态每况愈下。卡米尔把他从学校接回家，并昼夜不停地照顾他。后来邓超远虽然康复，却因为长时间的高烧而丧失了听力。知道邓超远失聪的消息后，留学事务局迅速发通知召回了他。而卡米尔在照顾他的过程中也被感染，在他召回后不久就去世了。

"邓超远知道卡米尔去世的消息吗？"我问。

雷斯垂德回答："除了史密斯先生，没有人会刻意跟他说这个事情。依据洛克伍德先生描述的遭遇来看，我想他大概是不知道的。"

事情变得清晰起来。史密斯雇用洛克伍德做的事情，其实是在假冒卡米尔的身份，和邓超远用纸条交流。他大概是担心这个来自异国他乡的年轻人，会因为卡米尔的事情感到自责，真的做出想不开的事情吧。

在弄清楚邓超远的身份后，苏格兰场致电了伦敦大学留学部，后面消息又同步给中国留学事务局。他们发了电报给史密斯先生，要求对方提供邓超远的行踪，否则将派巡警即刻上门搜查，但是并没有得到回应。最后在留学事务局的使臣容仪的坚持下，苏格兰场派了地方巡警道力士陪同他一起，前往史密斯的庄园进行搜查。

"应该搜不到吧，依据洛克伍德先生的描述，邓超远平常并不住在那里，只是偶尔跟史密斯先生一起回到庄园。"我说。

"实际上，他们在庄园门口就看到了。"雷斯垂德意味深长地回答道。

大概下午五点，容仪和道力士巡警乘坐马车来到史密斯庄园。他们沿着碎石路穿过花园，来到庄园的大门。在大门正上方的二楼窗帘紧闭着，房间内开着煤气灯，灯光在窗帘上映射出一个瘦削男子坐在书桌前看书的剪影。道力士巡警认为那是史密斯先生，容仪则坚定地认为那人就是邓超远。他们多次按响门铃，里面都没有给出一丝回应，直到身后花园入口传来史密斯先生的呵斥声。他手拿电报，显然刚刚从外面回来。

史密斯质问巡警是否有搜捕令，不应该在毫无证据的情况下擅闯民宅。"我刚刚已经去电报馆回复了，邓超远不在这里。他跟你们走后，我就没见过他。"他对容仪信誓旦旦地说，一副准备把来客拒之门外的样子。容仪叹了口气，不辩解什么，只是冷着脸指向二楼在看书的身影。史密斯哑口无言，只能打开大门，带他们前往二楼的房间。

房间的门是锁着的。他们拍了一会儿房门，没有得到一丝反应。考虑到邓超远已经失去听力，他们用力撞了下门，希望里面能够注意到房门引起的动静。然而里面回应他们的，是隐约传来物品被扔落地板的声音。

"他在扔什么东西呢？"道力士巡警困惑道。

史密斯先生脸色惨白地说："他一定是发现了那些规则手册。"接着是一本又一本书被扔掉的声音。史密斯先生跑去一楼大堂找房门钥匙。这时候，从门缝里推出一张纸条。容仪看了后，嘀咕了句中文，拿起一支笔在背面写了什么，沉着脸塞了回去。然而门并没有打开。回应他的，是更大的响动，一堆又一堆书本被推倒的声音此起彼伏。最后，随着一声巨响，里面什么东西轰然倒塌，房间内变得如死一般寂静。

门外的众人感到更不安起来。由于史密斯一时找不到钥匙，他们决定合力撞门。尝试几次后，终于把门撞开。在房间内，书本被扔得到处都是，层层叠叠堆满房间各个角落。墙上的几排书柜已然倾倒。邓超远仰面倒在地毯上，头部右侧有一道被砸中的伤口，顺着额头流出来的暗红色鲜血早已干涸。巡警在他旁边，寻找到一本跌落地面的很重的硬装书[1]，书籍一角已被鲜血染成红色。

听到这儿，我忍不住评论道："看起来像是被书柜掉落的书砸到脑袋致死，书柜比较高，而这本书又很重，这么说来是个意外。"

---

1. 用硬质材料装订的书籍，常见的材料有铁盒、板盒等。

"也可能是自杀。"雷斯垂德说，"真是个可怜的人，要是我能早点调查到他的身份就好了。"

我在马车上依据雷斯垂德的描述，把案件过程输入打字机。我仅仅是记录案情，没有去拨动演算杆。我打算等亲眼见过案发现场，和在场人员进行一番详谈后，再启动差分机进行推理。一路上我都在思考，如果福尔摩斯到现场，都会做些什么事情。在我们过往的探案中，他总是会端详那些被众人忽略的细枝末节，嘴里时不时嘀咕一句让人感觉到莫名其妙的话。福尔摩斯常对我说，在侦探艺术中，最重要的就在于能够从众多的事实中看出哪些是要害问题，哪些是次要问题，否则你的精力不但不能集中，反而会被分散。

然而，我并不是福尔摩斯。我只能作为一位忠诚的助手，尽量去把案发现场的信息原原本本地记录下来。我也没有办法引导嫌疑人说出自相矛盾的话，唯一能做的，仅仅是尽量倾听，让他们畅所欲言。

泰晤士河上水汽氤氲，河水在夜光的照耀下泛着银白色的涟漪。巨大的齿轮和蒸汽机械在河边作业，河水在巨型水轮的推动下激起层层波澜。两岸的建筑错落有致，烟囱和雾气交织在一起。铁桥上行驶着装饰有铜管和齿轮的蒸汽火车，发出隆隆的轰鸣声。街道上行人匆匆，贩夫走卒、绅士淑女交织其中，他们的服饰彰显着各自的身份与地位。随着马车逐渐接近东区贫民窟，街道两旁的景象变得愈加凄凉，破旧的房屋和脏乱的小巷映入眼帘，贫穷的市民在寒风中蜷缩着身体，孩童赤着脚在泥泞中嬉戏。

马车停在一座维多利亚风格的庄园前。它的砖墙被岁月的痕迹覆盖，但依然散发着一种优雅的魅力。窗户上的玻璃反射着微弱的光线，勾勒出庄园的轮廓。

我们沿着花园的小径来到主楼的大门，抬起头可见二楼的一扇大落地窗。相关人员聚集在大堂的偏厅。道力士巡警带我径直来到二楼的房间。这房间很宽，处在二楼走廊的入口处。屋内陈设十分简单，几乎一目了然。在窗台前是一套樱桃木书桌椅，旁边靠墙放着一张铁床。除此之外，就只剩下东倒西歪的书架，以及在地上扔得到处都是的书籍。房间对着花园的一面有两扇落地窗，都拉上了窗帘。窗户从里面用黄铜边栓锁上，没有一个窗格是被打坏的。房间南面的墙边是取暖的火炉，依据巡警测算，在烟囱管道有一处转角很狭窄，只有不到半英尺的缝隙，正常人几乎不可能通过。因此，整个房间的出入口就只剩下房门。然而案发当时，容仪和道力士巡警他们都守在门口。因此，整个房间呈现出的是密室状态。

邓超远躺在房间中央的红地毯上，被警探用一张床单盖住，鲜血已然在床单上渗透开来。他身上和四周的地板上都是掉落的书本，其中一本书角沾染着早已凝固的血迹。他穿着青布衫，身材瘦削，弱不禁风的样子，看起来仿佛刚刚经历了一段艰苦岁月的磨砺。他细长的四肢摊开，右边手臂比左边更加纤细，在左手袖子下有长期磨蹭油墨的痕迹。

道力士巡警告诉我："依据法医的鉴定结果，死亡原因是头部右侧耳后的位置被坚硬的锐角击中。我们当时开门进来的时候，尸体尚有一丝余温，还没有出现肌肉僵硬和尸斑，因此可以判断死亡时间是在一个小时以内。"

我问巡警："容仪从门缝塞回去的纸条在哪里，可以给我看下吗？"

巡警说："纸条不见了，华生医生。检查完遗体后，我就开始在现场搜索这张纸条，整个房间都翻遍了，我们在墙角书堆上找到房门的钥匙，纸条却哪里都找不到。"

"纸条上的字你认得吗？"我问巡警。

"邓超远写的我都不认识，倒是容仪写的字里，我认得一个'九'字。"巡警回忆道。

我们回到大堂对涉案人员进行问询。

容仪穿着清朝官服，前额头剃光，头发往后梳成标志性的辫子，不过并不像报纸上画的清朝官员一样留着小胡子。他浓眉大眼，看起来五十岁上下，身板比我想象的要更加壮实。

我给容仪一张纸，请他把纸条上的汉字写出来。

"邓超远写的是'此生纵有千般不甘，万般挣扎，终究抵不过命运之苛求，后会有期'，我写的是'生之路虽坎坷，但请记得，共寻生之曙光'，"他边写边向我解释道，"这个年轻人感觉被捉弄，有点想不开，我就是简单劝慰了他一下。"

"可是,容仪大使,道力士巡警说你写的字里应该有一个'九'字。"我质问道。

容仪浓厚的双眉拧成一团,他看向道力士巡警,又看了看我,沉吟片刻,最后冷脸说道:"我该说的都说了,不信就算了。"此后,他拒绝再对纸条的事情做出任何的回应。

史密斯先生的问询则要顺利得多。他是个沉默寡言的中年男子,头发花白,脸色疲惫,接连发生在家中的悲剧想必让他心力交瘁。陆陆续续地,他向我们交代了整件事的来龙去脉。

"邓超远虽然不是我的孩子,但是他在我这里生活了三年,我早已待他视如己出。他和我的女儿卡米尔互生情愫,定下了婚约。得知邓超远在学校染病后,我明知道会传染,却禁不住卡米尔的哀求,最终允许她把邓超远带回家照顾。其实在我心里,他们两个都无比重要,我希望他们能够共渡难关。

"在卡米尔的悉心照料下,邓超远战胜了疟疾。然而,康复后,我们却发现他丧失了听力。容仪因此要把他强行遣返。此时,卡米尔状态不佳,看起来已被传染。邓超远认为自己有责任照顾卡米尔,坚决不肯回去。然而,无论这个年轻人如何以性命相逼,容仪都无动于衷,仍旧强行把他遣返。在他离开后不久,卡米尔的病情就加重了。无论我多么悉心照顾,她还是因为心上人的离别而茶饭不思,最后郁郁而终。

"三个星期前,我突然收到邓超远的来信。他说他趁官兵不注意的时候逃跑了,目前正在返回的路上。他说对卡米尔的感情至死不渝,无论什么都不能把他们分开。我深受感动,但也开始担心他会为卡米尔殉情。于是,我想到雇用一个人来假装成卡米尔。但是我不能让这个人知道事情的真相,以免邓超远被告发。

"在这几年,邓超远和卡米尔经常给对方用中文写信。卡米尔虽然对中文只是一知半解,但在邓超远的熏陶下,也能够照葫芦画瓢一般半写半画一些简单的汉字。我听一个年轻的朋友说过,一个不懂中文的人,依据英文手册制定的规则,也可以与中国人用汉字进行交流。于是我着手制定这些手册。汉字的规则是如此之多,以至于我印刷出来的手册几乎塞满了整个房间。接着,我组建了一次汉字抄写面试,筛选出了既不懂中文、字迹又和卡米尔最像的洛克伍德先生。

"不久,邓超远赶了回来。他告诉我这段时间在朋友的住处躲避,流亡在各个贫民窟之间。他大病初愈,又丧失听力,一副面黄肌瘦的样子,想必这一路上吃了不少苦头。他告诉我想留下来,亲自照顾卡米尔。我告诉他卡米尔的病情目前已经稳定,为了避免不必要的传染,我吩咐她待在房间中不能出来。我让他待在门口,用纸条递到屋内进行交流。屋内的洛克伍德先生依据我制定的规则索引,和邓超远顺利地用中文攀谈起来。

"可惜这一番交流,并没有让邓超远打消亲自进屋照顾卡米尔的念头。于是我让洛克伍德等待了一段时间，再和邓超远用纸条交流一次。几天后，邓超远又找到机会过来拜访。这次交流中，邓超远终于相信卡米尔病情好转，神情也变得舒心开朗。

"我相信，只要再有一次攀谈，就能够让邓超远在周边安定下来。过一段时间，等他状态好转，我再告诉他事情真相，想必他也就能够接受。于是，我让洛克伍德先生再等一段时间。哪想到他这人生性多疑，习惯胡思乱想，居然自己跳窗跑了。

"我无可奈何，做好了向邓超远坦白一切的准备。今天白天我在家收到学校的电报，要求我尽快汇报邓超远的行踪。于是我去街角对面的电报馆做了回复，谎称对邓超远的下落毫不知情。实际上，我也确实不知道他这段时间在哪里落脚，只知道他和朋友借了辆马车，在伦敦东区贫民窟里以拉车谋生。

"等我回来，容仪已经带着巡警来抓人。我本想把他们赶走，却被他们发现在二楼窗台上邓超远的身影。我也没想到他会趁我不在时溜进来，想必是要进房间与卡米尔见面。当他进入空荡荡的房间，会想些什么？我想象不到他以这种方式发现真相，会有多么痛苦。我们冲上二楼，发现房门紧闭。我听见房间里书本被推倒的声音，开始担忧他是否能承受得住真相。我心急如焚，跑回楼下去找房门钥匙，可是翻遍每个抽屉都找不到。等我跑回来，他们说里面安静了许久，我就有了不好的预感。果然等我们把门撞开,他已仰面倒在地上,不省人事,头部看起来像是被跌落的书本砸中。"

四

我从行李箱中取出打字机,放在沙发前的茶几上。探长们好奇地围了过来。道力士巡警笑着问道:"华生医生这是要现场写侦探小说吗?"雷斯垂德替我解释了下智能打字机的原理,让巡警赶紧帮忙给锅炉注水。大家的注视让我不由得紧张起来。我拧紧气压阀门,拉下蒸汽引擎的启动开关。不久,黄铜锅炉上,水蒸气开始升腾,伴随着的是齿轮不断转动、啮合、平移的声音。我努力回忆这一路搜集到的信息,并开始逐字逐句对在场人员的话进行复述,尽量把现场观察到的信息和目击者的证言原封不动地输入打字机中。迟疑片刻后,我还是输入"先显摆一通,再给出推论"作为提示词。最后,我侧拨演算杆,等待推理结果。随着蒸汽不断涌出,打字机下面的玻璃盒中,感知机网络开始运转推演起来,一个个细小齿轮不断旋转,感知机的输出杆不停摆动。在大堂的偏厅里,史密斯先生交叉手臂靠在墙角,困惑地看着我们。在他旁边端坐着的容仪则斜眼睥睨着打字机，神情略显焦躁不安。大家屏气凝神，等待着打字机的推演。十分钟后，字模臂舞动起来，不断地击打油墨带，压纸滚筒缓缓卷动，推送出运算结果。

我的老朋友，你还是像从前一般，无法透过现象去看事情的本质。这个案件之所以是密室，是因为在案发过程中，唯一能够进出的烟囱只有半英尺大小的缝隙。显然，这个房间对人类而言是无法出入的密室，但是这个世界能够行凶的只有人类吗？对许多小体型的动物来说，半英尺的缝隙是绰绰有余的。据我所知，有一种叫侏儒狨猴的小猴子，它有着人一样的体型，却只有松鼠一般大小。因此只要细心观察，必然能够在房间内找到动物的毛发。而如果史密斯先生有饲养动物的经历，那更加是证据确凿了。

警探们看完结果，低声交流了下。"要是有动物毛发的话，我们早就发现了。"道力士巡警反驳道。虽然不情愿，他还是带着探长跑去二楼重新搜索起来。一段时间后，雷斯垂德郑重地告诉我并没有所谓的动物毛发，周边的邻居也没有看到史密斯先生有饲养任何动物的迹象。我略感羞愧，表示这个打字机还是个测试的玩具，目前只能做出一些勉强相关的臆测，很抱歉浪费大家的时间。

"没关系的，华生医生，我们多试几次。"探长安慰道。

接着，他和几位探长又相互交流了下，似乎在确认什么。突然，雷斯垂德冲窗外大喊："谁在外面？"我循着他的目光望去，窗外一个幼童的身影跳入草丛，消失在夜幕中。我们赶过去，看到在庄园灌木丛的泥地里，有一串小巧的脚印。雷斯垂德并没有感到惊讶，沉着冷静地回到大堂，仿佛一切尽在掌握之中。不久，围守的巡警押着一个十二三岁、留着小辫子的中国男孩走了过来。

雷斯垂德审问道："你是谁？"

男孩只是看着地板，沉默着。

"你为什么会出现在这里？"雷斯垂德再次发问。

男孩看向他，好脾气地笑笑，依旧沉默。

一旁的道力士巡警有点不耐烦地问道："说话呀，你懂不懂英文？"

"把他放了，他是我的贴身护卫。"容仪从偏厅走过来说道。

"你有进去过二楼的房间吗？"雷斯垂德似乎并不感到惊讶，继续对男孩发问。

男孩看向容仪，见对方点头，才开口说道："我叫容十八，是容大人的贴身护卫，跟随大人一路到这里。依据大人的指示，我只是守在屋外，并没有进入过哪个房间。"

雷斯垂德并不相信，对我说道："华生医生，看来你有更多的线索要加到案件描述里。"

"案件发生的时候，你在哪里？"我问道。

"就在花园窗台下面。大人进屋后,我就一直待在窗外看守。"他和容仪对了下眼神后说道。

"那你有看到什么人或者东西进出,或是听到什么动物的叫声吗?"

容十八回答:"没有。我当时一直看着屋内容仪大人的情况,能确定当时屋内没有人进出。我也没有听到什么动物的叫声,倒是在听到二楼房间内传来一阵巨响后,抬头发现二楼的人影已经不见了。"

我回到打字机前重新整理案件信息。我把没有动物毛发和动物出入的迹象,以及容十八的证言也加入案件陈词中。把这一切输入打字机后,我重新拨动演算杆,等待差分机的推理。又过了十几分钟,压纸滚筒重新转动,打字机再次输出结果:

我的老朋友,你虽然用莎翁一般的文学笔法记录了我们经历过的诸多诡异案件,却始终没有把想象力添加到自己的长处中去。这个案件之所以是密室,是因为在案发过程中,唯一能够出入的烟囱只有半英尺大小的缝隙。这样的半封闭密室,首先应该想到的就是训练动物作案。然而,现场并没有任何动物毛发的痕迹,考虑到要在现场弄出那么大的动静,不留一点痕迹是不可能的,因此只能排除动物作案的假设。可是除了动物,就没有其他东西能够通过这个缝隙吗?要知道,在蒸汽技术爆炸的时代,一切皆可想象。而史密斯先生作为一名优秀的蒸汽机工程师，他完全有能力独立制作出蒸汽驱动的机械小人偶，就像裸体猿猴一般进入房间作案。在场人员仔细回忆下，或许能想起听见过齿轮的咬合声。而机械人偶要通过壁炉进出，必然会在烟囱留下匕首划过一般的痕迹。

我环顾整个大堂，在橡木边柜的玻璃窗里，可以看到几个发条机械玩偶。旁边墙上的铁架上，也放着一个布满灰尘的蒸汽锅炉。既然史密斯是个高级蒸汽工程师，那么制作蒸汽驱动的机械玩偶来完成谋杀，似乎也并非不可能。

然而，道力士巡警并不这么认为。"我很确定，没有蒸汽机或者齿轮的声音。"道力士巡警斩钉截铁地说道，似是对智能打字机异想天开的推理并不抱任何期望。在雷斯垂德的催促下，他还是不耐烦地跑去检查烟囱管道。片刻后，他走下楼来，回复并没有发现任何的划痕。

"我还是不浪费大家的时间了。"我抱歉地说道，"用差分机来断案有点不切实际。"

雷斯垂德说："没关系，华生医生。再试一次吧，你不是说三次总有一次正确吗？"

确实，"福尔摩斯"已经指认史密斯先生两次了，在它看来，似乎史密斯是真凶是毋庸置疑的。然而，我不清楚它在第三次是否会认为是意外、自杀，抑或指认其他人。如果它指认其他人，我到底应该相信哪一个呢？

雷斯垂德摸了一会儿后颈，下定决心似的提醒我说："华生医生，额，你知不知道中国有一种神奇的武术，叫缩骨功？"

"缩骨功？"我惊讶地问道。

"对呀，能够把自己的骨头转移，缩成一小团，从而通过狭小的地方。看起来你的打字机里并没有这个信息，你可以把它作为线索加入案件描述中。"

见我还是疑惑不解，他进一步说道："你想啊，如果有一个人身形矮小，而且会东方神秘的武术，是否就有可能缩成一团，穿过烟囱的窄缝呢？"

刹那间，我明白了他邀请我远道而来的意图。"探长，你是否一直知道容仪幼童护卫的存在？"我问道。

探长不置可否地笑笑，仿佛一切都在他运筹帷幄之中。看来，他自始至终都知道容十八在现场。当得知案发现场的情形，苏格兰场就开始怀疑这个会武术的东方神秘少年。然而，指认异国大使需要承担莫大的压力，于是他才大费周章把我喊来，希望让福尔摩斯打字机来指认容十八。

"不行的，探长，缩骨功是不可能的。"我断然说道。

"为什么不可能？华生医生，你不是侦探，没资格对线索做判断吧。"雷斯垂德没好气地说道。

"我有资格做判断，因为我是个医生。"我说道。在专业的领域，我必然是寸步不让。

看到我们这边在争执，大家开始窃窃私语。容仪远远地向我们这边喊道："能让我们回去了吗？一起事故没必要这么大动干戈吧。"说完他瞥了一眼打字机，神情依旧是有所忌惮。在他身后的容十八则完全是一副懒散的样子，手里不停地耍弄一个小布袋，随意抛接。我看不清里面是什么东西，感觉有坚硬的珠子在碰撞。站在墙角的史密斯也直愣愣地看着我，仿佛在失去耐心。雷斯垂德则不断提醒我，使用缩骨功的中国幼童，就是福尔摩斯打字机在寻找的裸体猿猴。

五

我不禁感到泄气。打字机的推理看似有福尔摩斯的神韵，实际效果却并不如人意。每一次推理都是这样的胸有成竹，给出的答案却谬以千里。

依据沃克教授的说法，感知机网络能够通过文本训练不断逼近福尔摩斯对案件的判断，从而拟合出他对案件的直觉。然而在过往的探案生涯中，福尔摩斯并不会像智能打字机这样，给出一个又一个错误的答案。诚然，我的老友时不时会冒出一两句谜语一样的话，有时候还会做出怪诞的举止。但是到最后指出真相的时候,他总是一针见血、不容置喙。如果智能打字机真的具有和他一样的直觉,为什么结果会相差如此巨大呢?

突然,我想起福尔摩斯说的一句话:当你排除了不可能的情况后,剩下的情况,无论多么难以置信,却必定是真相。我意识到,福尔摩斯在每次探案中,并不都是直奔真相。他是先提出多个猜想,然后在现场搜集线索,接着在一次次自言自语和怪诞言行中把错误的猜想排除掉,最后才像表演魔术一般把推理结果呈现出来。而这,就是福尔摩斯经常向我提起的基本演绎法。

然而,如果我继续让打字机这样随意给出不负责任的论断,所有人都会对它失去耐心。

于是我写下提示词:

请使用基本演绎法,列举所有可能的假设,然后依据线索一步步排除不可能的假设。

接着,我果断地拨动演算杆。我决定,如果这次还是无效推理,那么就让这场闹剧到此为止吧。

伴随着齿轮的转动,黄铜锅炉逐渐升温,这次蒸汽的蜂鸣似乎更剧烈一些。十分钟过去了,齿轮不停转动、咬合、分离、再转动,感知机的判断杆不住地剧烈摆动起来。接着又过了二十分钟,纸带没有开始输出结果的动向。又过了半个小时,探长们不耐烦地走来走去,差分机还是没有停下来的意思。终于,就在我以为它陷入死循环要强制重启时,字模臂悬起,卷纸轮轴开始转动,智能打字机终于输出演算的结果:

我亲爱的老友,在你替我记录的案件中,公开和未公开的加起来,已经多达数百件。在这些案件中,如果要寻找出现最多的模式,密室是个无法回避的主题。你总是用戏剧性的笔法把我的推理呈现出来,然而这种文学化的处理,也让你一度迷失在涉案人员的情感冲突之中,从而一次次错失观察到密室案件模式的机会。如果你从爱恨情仇这些情绪中抽离,会发现这些密室案件无非就是那几种可能。结合现场的线索进行逐一排除,真相便会不言自明。

可能性一,该案并非谋杀,而是意外事故。比如在我们的《驼背人》一案中,巴克利上校在房间中看到窗外的情敌,受惊倒地身亡。

可能性二,被害人误中圈套亲手杀害自己,或不幸撞进死亡陷阱。比如在《戴普福德惊魂》一案中,凶手在受害者的房间中设置金丝雀,从而引诱外形恐怖的古巴蜘蛛进入捕食,让原本心脏不适的目标受惊身亡。

可能性三,该案是伪造成谋杀的自杀。比如在尚未能公布的《诺伍德的建筑师》一案中,仇恨使得奥德克先生决定伪造自己被谋杀的现场,在密室中留下血指印,企图嫁祸给旧情人的独生子。

可能性四，凶手在房间外下手，却造成案发时凶手必须在房间内的假象。想必你还记得，发生在剑桥巷的《密室奇案》中，沃伯顿上校在房间中枪身亡，听到枪声后周围的人赶来却发现房门紧锁，只能敲破紧锁的玻璃窗进入屋内，让人误以为是自杀。然而真相是，凶手在窗外透过玻璃射中受害者，然后再假装为了进入而敲碎玻璃窗，从而营造出案发时凶手必须在房间内的假象。

可能性五，凶手在打开密室之后才下手实施谋杀。在我们处理过的案件中，《斑点带子之回归》是少数由一次犯罪引发的另一次犯罪。在这个尚未公开的案件中，我们再度回到斯托克莫兰，然而等待我们最险恶的不再是沼地蝰蛇，而是人心。这次案件中，凶手和我们一起打开房门，假装唤醒沉睡的受害者，却暗中用针头给对方注射蛇毒，误导我们受害者被蛇伤害已久。

可能性六，凶手还在房间内，等人破门后，混入人群。这个方法想必你不会陌生。在我们过去的探案中，这是你唯一一次打败我率先发现了案件真相，并引以为豪地把故事记录为《华生探案记》。在这个事件中，凶手躲藏在栩栩如生的画布后，等目击者打开密室后离开，才从画布背后出来混入人群。

可能性七，凶手在实施犯罪后乔装成受害者的样子，使得目击者对真正的案件发生时间判断错误。在未公开的《煤气灯谋杀案》中，凶手利用受害者经常拿着煤气灯四处巡视的习惯，在杀害受害者后，拿起煤气灯假装成受害者出现在旁人面前，从而伪造了受害时间。

打字机停下，一整张稿纸都已被打完。对我来说，那些被拿来举例的过往案件，就像发生在昨日一般历历在目。蒸汽引擎响起嘟嘟声，催促我换一张新的稿纸。"这也剧透太多了。"在道力士巡警的吐槽下，我给打字机托架放入一张新稿纸，打字机字模悬臂又舞动起来。

虽然制造密室的手法千奇百怪，但是都可以归纳到这几种可能性之中。首先排除显而易见不符合现场的几种可能，也就是可能性三伪造成谋杀的自杀，可能性五打开密室后再实施谋杀，可能性六待在房间内混入破门的人群。然后，我们把剩下的可能性，分别还原成案发现场进行假设。

可能性一：该案并非谋杀，而是意外事故。邓超远趁着史密斯先生不注意，潜入二楼房间中想会见女友，却意外发现女友已经身亡，与自己这段时间交流的不过是一堆规则书，于是伤心过度，不慎推倒书堆，却被跌落的硬装书砸破脑袋，倒地而亡。由于这是密室案件，再加上目击者的描述，许多人会首先联想到意外事故这个可能性。

可能性二：被害人误中圈套亲手杀害自己，或不幸撞进死亡陷阱。在容仪给房间内送入纸条后，邓超远像失心疯一样疯狂推倒书本。而事后，这张纸条不翼而飞。联想到巡警看到容仪写下的"九"字，他很可能在纸条上写下"株连九族"之类威胁的话，迫使邓超远不得不拿起书本，自我戕害，以免给远在他乡的家人带来杀身之祸。这张消失的纸条，要么被邓超远吞下，要么就是容仪进屋后藏了起来。

可能性四，凶手在房间外下手，却造成案发时凶手必须在房间内的假象。在这个门窗紧闭的房间内，唯一能够在房间外下手的办法，就是通过壁炉上的烟囱。烟囱既然是为了把室内燃烧煤炭后的气体排出，那么也可以通过烟囱把让人神经错乱的毒气送到房间内。邓超远正是在闻到有害气味后，陷入不可控的癫狂状态，从而导致书堆掉落，砸到他脑袋上。

可能性七，凶手在实施犯罪后乔装成受害者的样子，使得目击者对真正的案件发生时间判断错误。邓超远早已死亡，凶手伪装出邓超远在屋内活动的假象，从而误导目击者对真正的案件发生时间的判断。

那么，哪种假设才是真相呢？

首先，排除掉可能性一。恰恰是因为这个案件是个密室，窗户从里面锁上，房门也被带入房间的钥匙反锁。既然邓超远是潜入房间会见女友，他把门窗锁上的目的是什么？

他原本的打算，应该是见面后离开才是。而如果是意外事故，那么到底是谁把门窗锁上的？

接着，排除掉可能性二。原因是受害者伤口在头部右侧。死者左手衣袖常年沾染墨迹，左臂比右臂更为粗壮，这充分说明他是一个左撇子。而受害的部位是右边耳后的部分，要用左手拿起书本刺中这个部位是极不顺手的。

然后，排除掉可能性四。如果可能性四成立，用有毒气体从房间外让死者神经错乱，那么会有一个东西显得非常违和。那就是仰面倒在地毯上的死者。假设死者是陷入癫狂推倒书本后，被书砸头死亡，那么他应该是倒在书堆上。事实却是死者倒在地毯上，书掉落在他身上和周边，唯独没有在他身体下面。这说明事情发生的顺序正好相反：死者是先于书本推倒后倒在地上的。

那么，把可能性一、可能性二、可能性四都排除掉。而前面已经排除掉了可能性三、可能性五和可能性六。当你排除了不可能的情况后，其余的情况，无论有多么难以置信，却必定是真相。也就是剩下的可能性七，凶手在实施犯罪后乔装成受害者的样子，使得目击者对真正的案件发生时间判断错误。

我们屏气凝神，大堂里只听见字模悬臂击打在油墨带上的声音。第二张稿纸打印完，依旧没能结束这一轮演算。我们都被震惊得说不出话来。偏厅里，容仪看着我们独特的办案方式，表情阴晴不定。作为高级蒸汽工程师的史密斯先生，也是一脸困惑不解，不清楚我们围绕在一个差分机前在演算什么。由于看不见打字机打印的内容，他们都显得有些惴惴不安。在蒸汽引擎鸣笛声的催促下，我在纸架上换入新的稿纸，滚筒随即转动起来。

所以，可能性七才是事实真相。因此，凶手只能是之前在屋内的史密斯先生。那么他是如何乔装成死者，从而干扰目击者对死亡时间的判断呢？

在本案中，目击者并没有亲眼见到死者，但是依旧认为死者在房间中还活着，是基于几个原因：

1、在窗台能看到房间中书桌前的身影。

2、在房门下面的缝隙有中文纸条被推出来。

3、在房间中有书本推倒的声音。

那么，凶手是否有办法在密室之外，做到这几点呢？

答案是有的，而且不止一种，方法简直五花八门。问题是他到底用的是哪一种方法。

对于密室中的犯罪，最容易让人想到的，就是动物。动物的体型和能力千差万别，只要经过训练，就能成为让人意想不到的工具。无论是被记载的第一个密室案件《莫格街凶杀案》，抑或我们那最为臭名昭著的《斑点带子案》中，都能够看到动物的身影。利用动物实行密室犯罪的例子,可谓比比皆是。

在这个案件中,对于人类是个完全密室,但是壁炉烟囱对于体型矮小的动物来说,却能够进退自如。因此,利用动物作案是最可能的方法。

在百科全书中记载有一种叫侏儒狨猴的小猴子,它和人一样能够直立行走,体型却只有松鼠一般大小。凶手可以在屋内放一只这样的猴子,通过训练让它在书桌前静坐投下人形影子,听到门外有动静又能够把纸条从门缝推出来。只要收到信号,它就会在房间内捣乱,把书本推倒,最后再从烟囱离开。这样,就能够完美地做到目击者从屋外看到的一切,从而认为此时邓超远还活着。

史密斯先生在洛克伍德逃跑后,很可能想到使用动物来扮演卡米尔,会比人类可靠得多。于是他去地下市场买了这样一只猴子进行训练。然而却和意外发现真相的邓超远发生争执,错手用书本击杀了他。他知道容仪等人正在前来,于是他想到干脆用猴子伪装成邓超远待在密室中,制造出密室内意外死亡的假象。

然而,使用动物,避免不了的是在现场会留下动物的毛发。在这个案件中,现场没有一根动物毛发的存在。这就使得这个假设无法成立。

那么,是否有比动物还要更可靠的东西,能够听从史密斯先生的指挥，又不在现场留下任何的毛发呢？在人类漫长的演化历史中，动物一直是我们最可靠的伙伴。但是随着蒸汽机的发明，机械在逐渐替代动物在人类生活中的功能。而巴贝奇勋爵的差分机问世，又让机械迅速掌握了算数推演的能力，拥有的智能也日趋复杂。作为蒸汽机高级工程师，史密斯先生能够接触最前沿的机械工艺。制作出一个通过蒸汽机驱动，能够接受指令的机械人偶，让它就像侏儒绒猴一样在房间中扮演邓超远，对他来说也不是不可能。房间内此起彼伏的书本跌落声音，或许就是为了掩盖齿轮咬合的声音，以及蒸汽机的蜂鸣。

然而，机械人偶是无法像动物一样使用柔软的双手进行攀爬的，想要从壁炉爬出去，它的机械臂必然会在烟囱上留下一道道划痕。经过调查发现，烟囱并没有像是被匕首划刻的痕迹。这就使得这个假设也无法成立。

那么，凶手是否就没有方法，能够伪装邓超远的行踪呢？不是的，方法还有很多，非常多。只要是犯罪手法，总会有迹可循。既然是密室犯罪，那么线索一定在房间之内。通过细心观察，总能找到被凶手隐藏起来的蛛丝马迹。

打字机再度停下，大家不约而同地看向偏厅里的史密斯先生。似乎感觉到气氛不对劲，他变得慌张起来，紧握的双手不住颤抖。足足三页稿纸，智能打字机都没能打印完对这个案件的推理。我不禁联想到过往的案件，福尔摩斯是否在心中都做过如此之多的演算。他所说的基本演绎法，原来是如此错综复杂。而他平常呈现给我们的，不过是九牛一毛。我再度给托架换入新的稿纸。

隐藏一棵树最好的地方是树林。随处可见，又被视而不见的东西，往往是最关键的线索。在这个案件中，最容易让人忽略的，正是那铺满整个房间的手册。这些手册里记录的繁杂的规则，能够伪装成逝去的灵魂。而这些手册本身，也能够伪装成逝去的肉体。

只要足够多的书本，很容易就能够伪装成人的身影。每逢圣诞节，书店往往会把书籍堆放成城堡的模样。实际上，经过悉心摆放，书籍能够像积木一样，堆放成任意的形状，甚至是人的形状。在书堆背后点燃煤气灯，就能够投放下人类的身形。

而想让门下缝隙推出事先写好的纸条，只要让书本打开，让一边书页夹住纸条，像金字塔一样放在门缝前面。当书本完全摊开的时候，纸条就会被推出门外。

屋内书本被陆续推倒，正是为了掩藏这一切。而凶手想在屋外推倒屋内的书本，方法又有很多。比如在屋内门把手上放一本书。当巡警撞门的时候，这本书会掉落，它会砸到下面的另一本书。这本书倒下后又压住下一本书。然后就像多米诺骨牌一样，这些书一本接一本倒下，蔓延到整个房间，最后把窗前的人形书堆推倒。

这个方法虽然可行，但是非常烦琐。凶手为什么要如此大费周章，构造这个密室？单单是为了乔装成受害人，从而误导目击者对死亡时间的推断吗？

在这个案件中，有一个地方，是很不合理的。那就是这个中文房间。为什么它会在这里？依据史密斯先生的论述，中文房间的存在，是为了伪装成卡米尔。然而使用一个窗户正对着庄园大门的房间，是很容易露馅的。只要洛克伍德在房间内打开窗帘，就很有可能被来访的邓超远看见。这充分说明，这个房间并不是关押洛克伍德先生的中文房间。史密斯先生花费这么大力气，把书籍搬运过来，除了要伪装成邓超远，还有一个重要的目的：那就是隐藏真正的中文房间。因为那里，才是真正的犯罪现场。在那里，有不可抹灭的犯罪证据。

在雷斯垂德的带领下，巡警们一间一间地搜查了二楼的每个房间。看着探长们在各个房间进进出出，史密斯先生似乎已经明白过来。他依旧沉默不语，脸上却反而是露出如释重负的表情。最后，在走廊尽头房间的地板和墙壁上，通过鲁米诺反应，巡警们找到了大片的血迹。在铁证之下，史密斯先生终于坦白真相。

"你大费周章制造中文房间，不正是为了避免邓超远自寻短见吗，怎么会下手杀了他？"雷斯垂德十分不解。

"在洛克伍德逃走后，我开始考虑是重新雇用一个人，还是用其他方法伪造卡米尔在屋内的假象。我始终担心邓超远羸弱的身板，会像卡米尔一样，承受不住分离的打击。然而我万万没想到，邓超远这次过来，却是要和卡米尔道别。"史密斯先生说，他的声音逐渐低沉，带着愤懑、不甘以及自嘲，"他说这段时间混迹在大街小巷，感受到人间疾苦。他说看到知识壁垒是如何把社会撕裂开来。他说技术革命正在使这个世界剧烈地两极分化。他说他意识到自己的责任，想要回国去教书育人。他说他要回去建设铁路，创办电报局。他夸夸其谈世界格局、宏伟理想，却无视我告诉他这会对卡米尔造成多大的影响。我一而再再而三地告诉他，如果他就这么离去，对卡米尔来说是多么大的打击。但这都没有能够动摇他不负责任的观点。我的女儿为他而死，没想到他却变心得这么快！我意识到他和容仪终究是一路货色，对他失望至极。我当初就不应该让他来此寄宿，不应该答应他和卡米尔在一起，更不应该在他生病后让卡米尔照顾。悔恨攻破我心里的最后一道防线，怒火如恶魔一样蒙蔽了我的双眼。我把他揪进中文房间，告诉他卡米尔是如何因为他的离开抑郁而终。我把他的头撞向窗台，直到鲜血从他耳后涌出。他当场断气，如提线木偶般瘫倒在地。"

众人哑然无语。半晌后，容仪开始斥责他自私狭隘，摧毁了多年栽培的心血，对不起接受留学生寄宿的初衷。他一副义愤填膺的样子，对自己在这个悲剧里应负的责任却浑然不知。

我问史密斯为什么会想到这样的犯罪手法。

史密斯回答道："在洛克伍德走后，我曾一度考虑用书做成机关，从而伪造成卡米尔的可能性。这是因为，在卡米尔小时候，我们经常把书当成积木，堆砌成各种形状。我们有时候还会玩多米诺骨牌的游戏，把书在地板竖起，像多米诺骨牌一样摆放，推倒一本逐渐带动整个房间的书全部倒下。对我们来说，除了里面的内容，书籍本身的存在就充满各种可塑性。在邓超远死后，我决定用书来伪造他的身影，从而制造出不在场证明。于是我把书搬运到大门上方的书房，堆砌出人影。我把一本书夹上纸条摊开放在地板，等被其他书压到就会推出纸条。然后我把剩余的书堆放成多米诺骨牌，当有人撞向房门，就会让它们一本本倒下，在这些书倒下的过程中会带动更多的书堆倒下，从而掩盖多米诺骨牌叠放的痕迹。最后我拿起一本硬装书，砸在邓超远的伤口上，伪造成意外。"

在容仪的要求下，我们把房间内的手册全部烧掉了。他对这个房间感到极度不安，坚持不肯让大家去翻阅里面的任意一本手册。他认为这些手册是对汉字的亵渎，宣称这样的东西就不应该存在于世上。

巡警们逮捕了史密斯后，我问容仪烧掉这些手册是否有其他原因。

"是那台打字机告诉你的?"他不可思议地问道。

"只是一个侦探助手的直觉,你也可以说是不负责任的猜想。"我说,"你在纸条上写下的是威胁的话语,从门缝推进去后不久,屋内就没了动静,作为一名敏锐的外交官,你开始感到不安。你担心如果邓超远寻了短见,大家看到纸条上的内容,会认为是你的胁迫导致的。于是,等到撞开门,你趁着大家检查邓超远情况的时候,找到纸条,偷偷藏了起来。趁着烧手册的时候把纸条也烧掉了。"

容仪不置可否,沉默许久后说道:"直觉一事,或可与我儒家'良知'之说相通。孟子有言:'人之所不学而能者,其良能也;所不虑而知者,其良知也。'此良知即是人天生具备的道德直觉,无须刻意思虑,自然知善知恶。"

说完,他拱手抱拳,转身离去。

六

回到家中,我把整件事情告诉了玛丽。她问我,既然洛克伍德先生不懂中文,自然就没有任何的中文意识。那么和邓超远交流的到底是什么？显然，那不是洛克伍德先生。但如果要说是房间里的手册，也很让人难以置信。难道说是洛克伍德先生加上这个中文房间组合成的新意识体吗？我无法回答她的问题。她感慨地说："如果中文房间真的是新的意识体，它是否会为发生在屋内的悲剧而感到惋惜呢？"

我写信给沃克教授，告诉他这台模拟福尔摩斯直觉的打字机，是如何通过基本演绎法，来破获一个诡谲的密室案件的。我向他请教从专业的角度如何定义意识，并询问该如何解答玛丽关于中文房间的困惑。

沃克教授回信告诉我，中文房间是不存在意识的，无论是负责行动的洛克伍德先生，房间里的手册，抑或他们组合而成的整个中文房间系统。意识的本质是意向性和因果认知。而中文房间展现出来的，仅仅是一系列依据输入和规则而组成的反应。它既没有意向，也不能理解因果，意识也就无从谈起。他为此专门写了一篇文章发在《泰晤士报》上，引起了对意识标准的广泛讨论。他在文中指出，依据确定性的规则实现的任何差分机模型，都实现不了具有意识的智能。

他的观点自然得到了许多人的抨击。那时候，我和他都没有预料到，这篇文章触动的利益是多么的巨大。有那么几个星期，《泰晤士报》上每天都有专家发文，言辞激烈地驳斥沃克教授的观点。这些文章大都牵强附会，不值一提。唯独其中一篇的观点，让我感到十分在意。那篇文章指出，中文房间既然能让这位来自中国的青年感受到智能，那就已经证明了它具有意识的存在。否则，假设存在一样东西，既能够表现出智能，却又不存在意识，那么它的生存将会有无比的优势。从而，如果这个犹如僵尸一样行尸走肉的东西真的存在，那么这个世界上绝大部分人，都必然是这样毫无意识的僵尸人。

据说在学术界，这场争论持续许久，直到大家达成共识，认为中文房间是不可能存在的，因为要建成这样的房间需要无穷多的规则。整个关于中文房间的论述，都不过是哗众取宠，凭空捏造。然后，争论慢慢平息，中文房间逐渐被淡忘，成为所有人都不愿提及的话题。

我曾一度想要撰文反驳这个观点，然而我自己也弄不清楚，与那位中国青年交流的意识到底存在哪里。我也不敢确定，大街上熙熙攘攘的，是否都不过是没有独立意识的僵尸人。而那些唯一能够佐证猜想的手册，早已经随着一场大火，消失在那座废弃的庄园之中。

原创小说征稿启事

长期有效

《银河边缘》编辑部

《银河边缘》系列丛书是由东西方科幻人联手打造的科幻文库，致力于展示国内外优秀的科幻小说。与此同时，我们每年将推选数篇中文原创作品翻译并发表在美国版《银河边缘》（*GALAXY'S EDGE*）杂志上。

在此，我们向国内广大原创科幻作者约稿——

我们以"惊奇、畅快"为原则，着力呈现中外科幻名家及新人作者的短篇、中篇佳作，展示更具野心的科幻作品，呼唤长篇时代的到来。

欢迎加入《银河边缘》QQ写作群 → **648294736**

| 投稿邮箱 | tougao@8light-minutes.com
| 邮件格式 | 作品名称+作者名
| 字　　数 | 不限【1.2万字以内的短篇佳作将优先翻译发表】
| 稿　　费 | 150～200元/千字，优稿优酬
| 审稿周期 | 初审15个工作日回复（长篇除外）
| 审稿标准 |

· 想象力：这是科幻小说的核心与灵魂，也是审稿的首要标准。
· 代入感：作者通过剧情、人物等元素，使小说易读，令读者沉浸其中。
· 剧情逻辑：在人物动机、事件逻辑上没有明显漏洞，不会让读者"跳戏"。
· 辨识度：鼓励创作认真观察时代、真诚表达自我的中国科幻故事。

| 注意事项 |

· 务必保证投稿作品为本人原创，从未发表于任何平台。
· 切忌一稿多投。
· 小说请以附件的形式发送邮箱，注意排版，合理分段。
· 请在邮件末尾提供个人联系方式，如真名、QQ、手机等。
· 咨询电话：028-87306350

图书在版编目（CIP）数据

播云祭礼 / 杨枫主编. -- 北京：新星出版社，2025.7.
（银河边缘）. --ISBN 978-7-5133-6095-1

Ⅰ.I14

中国国家版本馆CIP数据核字第2025U1A957号

银河边缘

播云祭礼

杨　枫 主编

责任编辑　吴燕慧
监　　制　黄　艳
责任印制　李珊珊
装帧设计　冷暖儿　张广学

出 版 人　马汝军
出版发行　新星出版社
　　　　　　（北京市西城区车公庄大街丙3号楼8001　100044）
网　　址　www.newstarpress.com
法律顾问　北京市岳成律师事务所
印　　刷　北京天恒嘉业印刷有限公司
开　　本　787mm×1092mm　1/32
印　　张　8.5
字　　数　161千字
版　　次　2025年7月第1版　　2025年7月第1次印刷
书　　号　ISBN 978-7-5133-6095-1
定　　价　48.00元

版权专有，侵权必究。如有印装错误，请与出版社联系。
总机：010-88310888　传真：010-65270449　销售中心：010-88310811